KB164163

사뮈엘 베케트
Samuel Beckett, 1906–89

사뮈엘 베케트는 1906년 4월 13일 아일랜드 더블린 남쪽 폭스록에서 유복한 신교도 가정의 차남으로 태어났다. 더블린의 트리니티 대학교에서 프랑스 문학과 이탈리아 문학을 공부하고 단테와 데카르트에 심취했던 베케트는 졸업 후 1920년대 후반 파리 고등 사범학교 영어 강사로 일하게 된다. 당시 파리에 머물고 있었던 제임스 조이스에게 큰 영향을 받은 그는 조이스의 『피네건의 경야』에 대한 비평문을 공식적인 첫 글로 발표하고, 1930년 첫 시집 『호로스코프』를, 1931년 비평집 『프루스트』를 펴낸다. 이어 트리니티 대학교에서 프랑스어를 가르치게 되지만 곧 그만두고, 1930년대 초 첫 장편소설 『그저 그런 여인들에 대한 꿈』(사후 출간)을 쓰고, 1934년 첫 단편집 『발길질보다 따끔함』을, 1935년 시집 『에코의 뼈들 그리고 다른 침전물들』을, 1938년 장편소설 『머피』를 출간하며 작가로서 발판을 다진다. 1937년 파리에 정착한 그는 제2차 세계대전 중 레지스탕스로 활약하며 프랑스에서 전쟁을 치르고, 1946년 봄 프랑스어로 글을 쓰기 시작한 후 1989년 숨을 거둘 때까지 시, 소설, 희곡, 비평 수십 편을 프랑스어와 영어로 번갈아 가며 쓰는 동시에 자신의 작품 대부분을 스스로 번역한다. 전쟁 중 집필한 장편소설 『와트』에 뒤이어 쓴 초기 소설 3부작 『몰로이』, 『말론 죽다』, 『이름 붙일 수 없는 자』가 1951년부터 1953년까지 프랑스 미뉘 출판사에서 출간되고, 1952년 역시 미뉘에서 출간된 희곡 『고도를 기다리며』가 파리, 베를린, 런던, 뉴욕 등에서 수차례 공연되고 여러 언어로 출판되며 명성을 얻게 된 베케트는 1961년 보르헤스와 공동으로 국제 출판인상을 받고, 1969년 노벨 문학상을 수상한다. 희곡뿐 아니라 라디오극과 텔레비전극, 영화 각본을 집필하고 직접 연출하기도 했던 그는 당대의 연출가, 배우, 미술가, 음악가 들과 지속적으로 교류하며 평생 실험적인 작품 활동에 전념했다. 1989년 12월 22일 파리에서 숨을 거뒀고, 몽파르나스 묘지에 묻혔다.

ASSEZ, IMAGINATION MORTE IMAGINEZ,
BING, SANS
in TÊTES-MORTES

LE DÉPEUPLEUR

POUR FINIR ENCORE, AUTRES FOIRADES (I, II, III, IV),
AU LOIN UN OISEAU, SE VOIR, UN SOIR, LA FALAISE
in POUR FINIR ENCORE ET AUTRES FOIRADES

by Samuel Beckett

Korean edition published by Workroom
Press by arrangement with
Les Éditions de Minuit (Paris) through
Bestun Korea Agency Co., Seoul.

사뮈엘 베케트 임수현 옮김

죽은-머리들
소멸자
다시 끝내기 위하여 그리고 다른 실패작들

wo
rk
ro
om

일러두기

1. 이 책은 사뮈엘 베케트(Samuel Beckett)의 『죽은-머리들(Têtes-mortes)』(파리, 미뉘 출판사[Les Éditions de Minuit], 1967/1972), 『소멸자(Les Dépeupleur)』(미뉘, 1970), 『다시 끝내기 위하여 그리고 다른 실패작들(Pour finir encore et autres foirades)』(미뉘, 1976) 중 베케트가 프랑스어로 먼저 쓴 글들을 한국어로 옮긴 것이다.
2. 본문의 주는 옮긴이가 작성했다.

차례

죽은-머리들

충분히

이전의 모든 것들을 잊어버리기. 한꺼번에 많은 걸 할 수는 없다. 펜으로 그것을 적을 시간이 주어진다. 나는 펜을 보지는 못하지만 저기 뒤편에서 소리를 듣는다. 그러니까 침묵을. 펜이 멈추면 나는 계속한다. 가끔은 펜이 거부한다. 펜이 거부하면 나는 계속한다. 침묵이 너무 지나치면 나는 할 수 없다. 아니면 가끔은 너무나 희미한 내 목소리. 내게서 나오는 소리. 기술과 방법에 대해서는 이러하다.

나는 그가 원하는 것을 모두 해줬다. 나도 그것을 원했다. 그를 위해서. 그가 어떤 것을 원할 때마다 나도 그랬다. 그를 위해서. 그는 뭔가를 말하기만 하면 됐다. 그가 아무것도 원하지 않을 때면 나도 마찬가지였다. 결국 난 욕망 없이는 살지 않았다. 만일 그가 나를 위해서 뭔가를 원했다면 나도 그걸 원했을 것이다. 예를 들면 행복. 또는 명예. 내게는 그가 표현하는 욕망들밖에는 없었다. 하지만 그는 그것들을 모두 표현해야만 했다. 그의 모든 욕망과 그가 필요로 하는 것들을. 그가 침묵을 지킬 때는 나와 같아야만 했다. 그가 자기 성기를 핥아달라고 내게 말했을 때 나는 바로 그렇게 했다. 나는 거기서 만족을 얻었다. 우리의 만족은 같아야만 했다. 똑같은 걸 필요로 하고 똑같은 만족을 느끼고.

어느 날 그가 나에게 이제 놓아달라고 말한다. 그는 그런 동사를 사용했다. 그는 더 이상은 견딜 수 없었던 모양이다. 내가 그를 떠나기를 바라며 그런 말을 한 건지 아니면 그냥 나와 잠시 떨어져 있기를 바란 건지는 모르겠다. 스스로에게 그걸 물어본 적은 없다. 나는 그가 지닌 질문들만을 궁금해했을 뿐이었다. 어쨌거나 나는 뒤도 돌아보지 않고 가버렸다. 그의 목소리에서 벗어나자 나는 그의 삶에서 벗어났다. 어쩌면 이게 그가 원하던 것이었을지도 모른다. 자문해보지 않고도 알게 되는 질문들이 있다. 그는 더 이상은 견딜 수 없었던 모양이다. 반대로 나는 아직 더 견딜 수 있었다. 나는 완전히 다른 세대에 속해 있었다. 그건 지속되지 않았다. 이제 어둠 속에 들어와 있는 나는 두개골 안에 희미한 빛 같은 것을 지니고 있다. 척박하지만 완전히 그렇지는 않은 땅. 삶이 서너 번 주어졌더라면 뭔가 이뤄낼 수 있었을 텐데.

그가 내 손을 잡았을 때 나는 여섯 살쯤 되었을 것이다. 이제 막 어린 시절에서 벗어난 때였다. 하지만 머지않아 완전히 벗어났다. 왼손이었다. 그는 오른쪽에 있는 걸 못 견뎌 했다. 그렇게 우리는 손을 잡고 나란히 앞으로 나아갔다. 장갑 한 쌍이면 충분했다. 자유로운 또는 바깥에 있는 손들은 맨살인 채 덜렁거렸다. 그는 자기 피부에 낯선 피부가 닿는 느낌을 좋아하지 않았다. 점막은 상관없었다. 그래도 그가 장갑을 벗을 때가 있었다. 그러면 나도 그렇게 해야만 했다. 우리는 그렇게 맨살의 손을 부딪치며 100미터 정도를 지나쳐 오곤 했다. 그 이상을 걷는 일은 드물었다. 그에겐 그걸로 충분했다. 만일 누군가 내게 묻는다면 난 손들이 서로 짝이 맞지 않으면 친밀감을 느끼기 어렵다고 말할 것이다. 내 손은 그의 손 안에서 자리를 잡아본 적이 없다. 가끔 서로 손을 놓기도 한다. 속박이 풀어지면 손들은 각자의 쪽으로 떨어졌다. 손들이 다시 만나기까지는 대체로 오랜 시간이 걸렸다. 그의 손이 나의 손을 다시 잡기까지는.

그건 제법 꽉 끼는 면장갑이었다. 그들은 형태를 무디게 만드는 대신 그냥 단순하게 드러내보였다. 내 것은 해가 지나면서 자연스럽게 너무 늘어졌다. 하지만 난 오래지 않아 빈 곳을 채웠다. 그는 내 손이 물병자리 같다고 했다. 그건 별자리 중 하나다.

나의 모든 것은 그로부터 온다. 이런저런 지식에 대해 나는 매번 이 말을 다시 하지는 않을 것이다. 결합시키거나 결합하는 기술은 나의 잘못이 아니다. 그건 하늘이 내린 재난이다. 나머지에 대해서는 나는 무죄라고 말할 것이다.

우리의 만남. 이미 몸이 엄청 굽은 상태였지만 그는 내겐 거인처럼 보였다. 그는 결국 몸통이 수평으로 되고 말았다. 이런 비정상에 균형을 맞추기 위해 그는 양다리를 벌렸고 무릎을 구부렸다. 점점 더 평평해진 그의 두 발은 바깥쪽으로 벌어졌다. 그의 시야는 그가 밟고 있는 지면으로 한정되었다. 잔디와 짓밟힌 꽃들 사이를 움직이는 미세한 양탄자. 그는 마치 커다랗고 지친 원숭이처럼 팔꿈치를 최대한 들어 올리며 내게 손을 주었다. 내가 몸을 세우기만 해도 그보다 머리 세 개 반은 더 컸다. 어느 날 그는 걸음을 멈추더니 더듬거리면서 해부학이 모든 것이라고 설명했다.

처음엔 그는 항상 걸으면서 말을 했다. 내겐 그런 것 같았다. 그다음엔 때론 걸으면서 때론 멈춰 서서. 마침내는 오직 멈춰 서서. 더불어 항상 더 낮은 목소리로. 그가 같은 말을 연달아 두 번 하는 걸 피하게 해주려면 나는 깊숙이 몸을 숙여야만 했다. 그는 멈춰 서서 내가 자세를 잡기를 기다렸다. 곁눈으로 내 머리와 그의 머리가 나란히 있는 걸 어렴풋이 보자마자 그는 중얼거리는 소리들을 뱉어냈다. 열 중 아홉은 나와 관련이 없었다. 하지만 그는 자신이 꽃 바닥에 토해내는 외침과 주기도문의 편린들에 이르기까지 모든 것을 들어주길 바랐다.

그래서 그는 멈췄고 내 머리가 도착할 때까지 기다렸다가 자기를 놓아달라고 내게 말했다. 나는 재빨리 손을 빼내고 뒤도 돌아보지 않고 가버렸다. 두 걸음 만에 그는 나를 영원히 잃어버렸다. 그가 원한 게 그것이었다면 우리는 이제 결별했다.

그는 측지학에 대해서는 거의 얘기하지 않았다. 하지만 우리는 적도에 해당하는 곳을 분명 몇 번이나 지나갔을 것이다. 평균적으로 대략 밤낮으로 5킬로미터의 비율로. 우리는 계산 속으로 도피했다. 서로 몸을 반쯤 숙이고 얼마나 많은 암산을 함께했던가! 이런 식으로 우리는 모든 삼진법을 세제곱까지 올리곤 했다. 때로는 억수같이 쏟아지는 빗속에서. 그의 기억 속에 조금씩 그럭저럭 각인되어가며 세제곱들이 쌓여갔다. 나중

단계에서의 역산을 위해. 시간이 제 역할을 해줬을 때.

만일 누군가 적절한 형태로 내게 질문을 했다면 나는 그렇다고 사실상 이것이 내 인생이라는 산책의 끝이라고 말했을 것이다. 말하자면 마지막 남은 1만 1천여 킬로미터인 셈이다. 그가 처음으로 내게 자신의 장애에 대해 언급하며 자기 생각으로는 그것이 최고조에 달했다고 말했던 그날로부터. 그 후의 시간이 그가 옳았음을 입증해줬다. 최소한 우리가 함께 만들어나가려 했던 과거의 그 시간만큼은.

내 발치에서 꽃들이 보이고 내가 보는 건 다른 꽃들이다. 우리가 보조를 맞추어 밟아 뭉갰던 꽃들. 사실은 같은 꽃들이다.

내가 오랫동안 즐겨 상상했던 것과는 반대로 그는 눈이 멀지 않았다. 단지 게을렀을 뿐이다. 어느 날 그가 멈추더니 적당한 말들을 찾아가며 내게 자신의 시력에 대해 설명해줬다. 그가 내린 결론은 자기 생각에 시력이 더 나빠지지는 않으리라는 것이었다. 그가 어느 정도로 환상을 품고 있었던 건지는 나도 모르겠다. 그런 질문은 스스로 해본 적이 없다. 그가 전하는 말을 들으려고 몸을 숙였을 때 나는 장밋빛과 푸른빛의 한쪽 눈이 분명 동요하며 나를 훔쳐봄을 어렴풋이 느꼈다.

그가 말도 없이 정지할 때도 있었다. 그가 마침내 할 말이 없어졌을 때. 아니면 뭔가 할 말이 있지만 결국 말하기를 단념했을 때. 나는 그가 반복해서 말하지 않도록 습관적으로 몸을 숙였고 우리는 그런 상태로 머물러 있곤 했다. 몸을 절반으로 굽히니 머리들끼리 서로 닿았다. 아무 말 없이 손을 잡고. 우리 주위에서 시간에 시간이 더해지는 동안. 머지않아 그의 발이 꽃들로부터 빠져나왔고 우리는 다시 길을 떠났다. 몇 걸음 가다 다시 멈출지라도. 그래서 그가 자기 마음속에 있는 것을 기어코 말하거나 아니면 다시 포기할 수 있게.

다른 중요한 경우들이 저절로 떠오른다. 즉시 다시 떠남과 더불어 즉시 계속되는 대화. 조금 늦게 떠나더라도 마찬가지. 즉시 다시 떠남과 더불어 조금 늦게 계속되는 대화. 조금 늦게 떠나더라도 마찬가지. 즉시 다시 떠남과 더불어 즉시 불연속적으로 이루어지는 대화. 조금 늦게 떠나더라도 마찬가지. 즉시 다시 떠남과 더불어 조금 늦게 불연속적으로 이루어지는 대화. 조금 늦게 떠나더라도 마찬가지.

그러니까 나는 그 무렵 이런 식으로 살았고 이때가 아니었다면 절대 그러지 않았을 것이다. 적어도 10년. 그가 자신의 성스러운 잔해들을 한참 동안 왼쪽 손등으로 더듬어본 후 진단을 내린 그날 이후로. 나의 불행이 예상된 그날에 이르기까지. 나는 정상에서 한 발 떨어진 그곳을 다시 본다. 앞으로 두 걸음만 가면 나는 이미 다른 비탈길로 내려가게 된다. 내가 뒤를 돌아보았다면 그를 볼 수 없었을 것이다.

그는 기어오르는 걸 좋아했고 그래서 나도 마찬가지였다. 그는 더 가파른 경사를 요구했다. 그의 몸의 형태는 똑같은 두 부분으로 망가져갔다. 이는 무릎이 휘어져 하반신이 짧아진 덕분이었다. 절반 정도의 확률로 그의 머리는 비탈길에서 땅을 스치다시피 했다. 그의 이런 취향이 어디서 생긴 건지 나는 모르겠다. 땅에 대한 사랑과 꽃들의 수천 가지 향기와 색채에 대한 사랑. 아니면 그저 신체 구조상 그럴 수밖에 없었던 건지도. 그는 절대 그 문제를 언급하지 않았다. 정상에 다다른 후에는 슬프게도 다시 내려가야만 했다.

가끔씩 하늘을 감상하기 위해 그는 작고 둥근 거울을 사용하곤 했다. 우선 자신의 입김으로 거울을 닦아내고 장딴지에 문지른 다음 그는 거기서 별자리들을 찾았다. 찾았어! 그는 거문고자리나 백조자리를 언급하며 이렇게 소리를 지르곤 했다. 그리고 하늘엔 아무것도 없다고 자주 덧붙이곤 했다.

하지만 우린 산에 있지는 않았다. 나는 때때로 우리 위치보다 더 높이 있는 것 같은 바다를 멀리서 어렴풋이 보기도 했다. 그건 어쩌면 물이 다 증발해 버렸거나 아래쪽이 말라버린 어떤 거대한 호수의 바닥이었을까? 나는 그런 질문을 스스로 한 번도 해보지 않았다.

이 모든 개념들은 그가 알려준 것이다. 나는 단지 그것들을 내 식으로 조합했을 뿐이다. 이런 식의 삶이 네다섯 번 주어졌더라면 나는 어떤 흔적이나마 남길 수 있었을 텐데.[1]

그렇다 하더라도 높이가 100여 미터 정도 되던 일종의 언덕들에 대한 생각이 꽤나 자주 떠오르곤 한다. 나는 마지못해 눈을 들어 대체로 지평선에서 가장 가까운 곳을 가늠해보곤 했다. 그렇지 않으면 우리가 막 내려온 곳으로부터 멀어지는 대신 그곳을 다시 오르곤 했다.

나는 내가 언급했던 두 사건 사이에 있는 우리의 마지막 10년에 대해 말하고 있다. 그 시기는 그것과 꼭 닮았음이 분명한 이전 시기들을 덮어 가리고 있다. 내 교육에 대해서는 바로 이 참담한 시기의 탓으로 돌리는 것이 타당하다. 내가 기억하는 이 시기 동안 난 아무것도 배운 기억이 나지 않기 때문이다. 바로 이런 생각을 하며 나는 내 지식 앞에서 막혀버릴 때 차분해진다.

나는 내 불행을 어느 산꼭대기 근처에 놓아두었다. 아니다 그것은 엄청나게 고요한 평지 위였다. 몸을 돌렸다면 나는 내가 버려두고 온 바로 그곳에서 그를 보았을 것이다. 그 어떤 하찮은 것이라도 나의 착각을 만일 착각이 있었다면 알게 해줬을 것이다. 그 후 몇 년 동안 나는 그를 다시 만나리라는 가능성을 배제하지 않았다. 내가 그를 버려두고 온 바로 그곳에서 아니면 다른 곳에서. 또는 그가 나를 부르는 소리를 듣게 될 가능성도. 그가 그리 오래 버티지는 못할 거라고 스스로 말하면서도. 하지만 크게 기대하지는 않았다. 나는 꽃들로부터 거의 눈을 들어 올리지 않았기 때문이다. 그리고 그에게 남은 목소리도 더 이상 없었다. 그리고 이걸로도 충분하지 않다는 듯 나는 그가 그리 오래 버티지는 못할 거라고 계속 스스로에게 말했다. 그 결과 나는 머지않아 그런 기대를 더 이상 전혀 하지 않게 됐다.

지금 날씨가 어떤지 나는 이제 모르겠다. 하지만 내 삶에서 날씨는 언제나 부드러웠다. 마치 땅이 춘분점에서 잠든 것처럼. 나는 바로 우리가 있는 지구 반쪽에 대해 말하는 것이다. 무겁게 수직으로 내리는 간결한 비가 느닷없이 우리를 맞아주곤 했다. 하늘이 눈에 띄게 흐려지지도 않으면서. 그가 그 얘길 꺼내지 않았다면 나는 바람이 불지 않는다는 것도 몰랐을 것이다. 더 이상 존재하지 않는 바람. 그를 서 있게 했던 폭풍우. 쓸어갈 게 아무것도 없었다는 걸 말해야만 한다. 꽃들조차 줄기도 없이 마치 수련처럼 땅에 박혀 있었다. 꽃들이 우리의 단춧구멍에 꽂혀 빛날 일은 더 이상 없었다.

우리는 날짜를 계산하지 않았다. 내가 10년에 도달하게 된 건 우리의 만보기 덕분이다. 최종 거리를 매일 평균 거리로 나누는 것. 수많은 날들. 나누기. 성삼일 전날의 어떤 수치. 내 불행의 전날 또 다른 수치. 항상 갱신되는 하루 평균치. 빼기. 나누기.

밤. 이 끝없는 춘분 중에는 낮처럼 긴. 밤이 되고 우리는 계속한다. 우리는 동이 트기 전에 다시 출발한다.

쉬는 자세. 세 번 접혀서 하나가 다른 하나의 안에. 무릎 쪽의 두 번째 직각. 내가 그 안에. 그가 욕망을 드러낼 때면 우린 마치 한 사람이 된 것처럼 옆으로 누운 자세를 바꿨다. 나는 밤마다 뒤틀린 그의 몸이 머리부터 발끝까지 나에게 밀착됨을 느꼈다. 잠을 자는 것보다 몸을 뻗는 것이 더 문제였다. 우린 반쯤 잠든 상태로 움직였기 때문이다. 그는 위쪽 손으로 나를 잡았으며 자신이 원하는 곳을 만졌다. 어느 정도까지는. 다른 손으로는 내 머리카락을 잡고 있었다. 자신에게는 더 이상 존재하지 않는 것들에 대해 나에게는 존재할 수 없었던 것들에 대해 그는 아주 나지막이 말하곤 했다. 나무줄기 안으로 부는 바람. 숲의 그늘과 도피처.

그는 수다스럽진 않았다. 밤낮으로 평균 100단어들. 일정한 간격을 두고. 다 합쳐봐야 100만 개 남짓. 대부분은 했던 말들. 절규들. 주제만 겨우 건드릴 정도. 인간의 운명에 대해 내가 뭘 알겠는가? 스스로 질문해본 적도 없다. 난 순무에 대해 더 잘 알고 있다. 그는 순무들을 좋아했다. 만약 내가 그중 하나라도 본다면 난 주저 없이 그것에 이름을 붙일 것이다.

우리는 꽃으로 연명했다. 그것이 균형을 유지한 방법이다. 그는 멈춰 서서 몸을 숙이지도 않고 꽃부리를 한 움큼 낚아채곤 했다. 그러고는 우물우물 씹으면서 다시 출발했다. 그 꽃들이 대체로 안정제 역할을 했다. 우린 대체로 평온했다. 점점 더. 모든 것이 그랬다. 이러한 평온함의 개념은 그가 내게 알려준 것이다. 그가 없었다면 나는 그것을 얻을 수 없었을지 모른다. 나는 이제 꽃을 제외한 모든 것을 지워버리러 간다. 더 이상 비는 없다. 더 이상 둔덕도 없다. 꽃 속을 배회하는 우리 둘만 있을 뿐이다. 충분히 내 늙은 젖가슴은 그의 늙은 손을 느끼고 있다.

(1966년)

죽은 상상력 상상해보라

어디에도 삶의 흔적이 없다고 말하는가, 하, 멋지군, 죽지 않은 상상력, 아니, 그래, 죽은 상상력 상상해보라. 섬들, 물들, 창공, 초목, 응시하라, 훅, 사라져, 영원히, 입 다물어. 원형 건물의 흰색 안에서 모든 것이 하얗게 될 때까지. 입구는 없지만, 들어오라, 재보라. 지름 80센티미터, 바닥에서 둥근 천장의 꼭대기까지도 같은 거리. 두 개의 지름 AB CD가 직각으로 흰 바닥을 ACB BDA라는 반원들로 나누고 있다. 바닥에는 각자 자신의 반원 안에 있는 두 개의 흰 몸들, 둥근 천장도 그것이 기대고 있는 높이 40센티미터의 둥근 벽도 흰색. 나가라, 장식도 없고 흰색 안에서 온통 하얀 원형 건물, 돌아오라, 두드려라, 사방이 가득 차 있고, 그것은 마치 상상 속에서 뼈가 울리듯 울린다. 모든 걸 그토록 하얗게 만드는 빛에는 어떠한 원천도 보이지 않고, 바닥, 벽, 둥근 천장, 몸들, 모든 것이, 그림자 하나 없이, 똑같은 흰색 빛으로 반짝인다. 강한 열기, 태워버릴 정도는 아니지만 뜨거운 감촉의 표면들, 땀에 젖은 몸들. 다시 나가라, 물러나라, 그것이 사라진다, 날아올라라, 흰색 안에서 온통 하얀, 그것이 사라진다, 내려오라, 다시 들어오라. 공백, 침묵, 열기, 흰색, 잠깐만, 빛이 줄어든다, 바닥, 벽, 둥근 천장, 몸들, 모든 것이 함께, 20초 정도, 흐려진다, 모두가 회색으로 된다, 빛이 꺼진다, 모든 것이 사라진다. 동시에 기온도 내려간다, 최소로, 제로 정도가 될 때까지, 그 순간 어둠이 생겨나고, 이는 이상하게 보일 수도 있다. 기다려보라, 제법 오랜 시간에 걸쳐, 빛과 열기가 돌아온다, 바닥, 벽, 둥근 천장과 몸들이 함께, 20초 정도, 하얗게 되고 뜨거워진다, 모든 회색빛들이, 그들의 추락이 시작되었던, 그들의 이전 단계에 도달한다. 제법 오랜 시간, 왜냐하면, 경험이 보여주듯, 추락의 끝과 상승의 시작 사이에, 눈 깜짝할 사이로부터 다른 시간과 장소에서는 영원처럼 보일 수도 있었던 순간에 이르기까지, 실로 다양한 시간들이 개입될 수 있기 때문이다. 또 다른 휴지기, 즉 상승의 끝과 추락의 시작 사이에 대해서도 같은 지적을 할 수 있다.

극단적 경우들은, 그들이 지속되는 한, 완벽하게 안정적이고, 이는 열기에 대한 경우 초반에는 이상하게 보일 수도 있다. 경험이 보여주듯, 추락과 상승이 어느 단계에서라도 중단되었다가, 제법 긴 휴지기를 가진 후, 다시 시작되거나, 추락이었던 것이 상승이 되고, 상승이었던 것이 추락이 되는 등 변모될 수도 있는데, 그런 상태로 끝까지 가거나, 그 전에 중단되거나, 그랬다가 다시 시작되거나, 제법 긴 시간 후에 다시 입장을 바꾸거나, 이렇게 계속되다가, 마침내 이런저런 극단에 도달하게 된다. 이렇듯 상승과 하락, 재상승과 재추락이 셀 수도 없이 다양한 리듬 속에서 연달아 일어나기 때문에, 흰색에서 검은색, 열기에서 추위, 그리고 그 반대로의 이동이 드물지 않게 이루어진다. 지속되는 시간과 높이에 관계없이, 중간 단계에서의 휴지기 동안 드러나는 진동이 강조해주듯, 오직 극단만이 안정적이다. 그러면 바닥과 벽과 둥근 천장, 몸들, 잿빛 또는 납빛 또는 경우에 따라 그 둘 사이의 것, 모든 것들이 떨린다. 하지만 경험이 보여주듯, 이동이 이런 식으로 이루어지는 경우는 드문 편이다. 그리고 대부분의 경우, 빛이 약해지기 시작하고, 그와 더불어 열기도 약해질 때, 움직임은 칠흑 같은 어둠과 대략 0도에 이를 때까지 충돌 없이 지속되어, 20초 후에는 양쪽에 동시에 이르게 된다. 열기와 흰색 쪽으로의, 반대 방향의 움직임도 마찬가지이다. 빈도의 측면에서 볼 때 그다음은, 이 회색빛 열기 속에서 제법 긴 휴지기와 더불어 일어나는 상승 또는 추락인데, 어떤 순간에도 움직임은 반대로 이루어지지 않는다. 그럼에도 불구하고, 위쪽이나 아래쪽에서 일단 균형이 깨지게 되면, 그다음의 이동은 무한대로 가변적이다.[2] 하지만 어떤 우연한 일이 일어나더라도, 지금으로서는, 관련된 온도와 더불어, 암흑 또는 엄청난 흰색 속의 일시적인 안정으로 조만간 돌아가는 것은 분명해 보이며, 이는 또다시 끝없는 경련을 감당하는 세계이다. 완벽히 황량한 어떤 부재(不在)를 겪은 후 기적적으로 다시 되찾게 될 때 그것은, 이 관점에서 보면, 더 이상 완전히 같지는 않지만, 그렇다고 다르지도 않다. 외부적으로는 모든 것이 변하지 않은 채이고 발견된 작은 구조 또한, 그 흰색이 주변과 뒤섞이면서, 여전히 불확실하다. 하지만 들어오라 그리고

이제 더 짧은 고요가 있으며 같은 소동이 결코 두 번 되풀이되지
않는다. 마치 여전히 어떤 흔적도 없는 하나의 같은 원천에 의해
주어진 것처럼 빛과 열기는 연결된 채로 있다. 여전히 바닥에,
셋으로 굽어져, 머리는 B에 있는 벽에, 엉덩이는 A에 있는 벽에,
무릎은 B와 C 사이의 벽에, 두 발은 C와 A 사이의 벽에, 말하자면
ACB의 반원 속에 내접한, 애매한 흰색의 긴 머리만 아니었다면
바닥과 뒤섞여버리는, 결국 여인의 흰 몸. 다른 반원 속에도
유사한 내용물, 머리는 A의 벽에, 엉덩이는 B의 벽에, 무릎은
A와 D 사이에, 두 다리는 D와 B 사이에 있는, 역시 바닥처럼 흰,
남자 파트너. 결국 둘이 오른쪽으로 누워 머리와 다리를 거꾸로
하고 등지고 있는 상태. 입술에 거울을 대보라, 흐려진다. 각자
왼손으로 무릎 조금 아래에 있는 왼쪽 다리를 잡고, 오른손으로는
팔꿈치 조금 위에 있는 왼팔을 잡는다. 이 동요하는 빛 속에서,
엄청난 흰색 고요가 극히 드물어지고 짧아진 가운데, 꼼꼼히
살펴보기란 불편하다. 거울을 대봐도, 셀 수 없을 정도의 간격으로
갑자기 크게 떴다가 인간의 한계를 훨씬 넘도록 부릅뜬 채로
버티는 그들의 왼쪽 눈을 제외하고는, 그들은 죽은 체할 것이다.
강렬하고 창백한 푸른빛으로 인해 그 효과는, 초반에는, 놀라울
정도다. 딱 한 번, 한 명의 시작이 다른 하나의 끝과 겹쳐지는
10여 초 정도를 제외하고는, 둘의 시선은 절대 마주치지 않는다.
살이 찌지도 마르지도 않은, 크지도 작지도 않은 몸들은 온전해
보이고, 시야에 들어오는 부분들로 판단했을 때 제법 상태가 좋은
것 같다. 얼굴에도 또한, 두 측면이 서로 동등하다면, 중요한 것은
다 있는 듯하다. 그들의 절대적인 부동성(不動性)과 작열하는 빛
사이의 대조는, 그 반대 상태에 끌렸던 걸 기억하는 사람에게는,
초반에는, 충격적이다. 그래도 분명한 사실은, 상상하기에
너무나 긴 수천의 작은 징후로 볼 때, 그들이 잠을 자지 않는다는
것이다. 이 침묵 속에서 그저 가까스로 들릴 정도로 아, 소리를
내보라, 그러면 그 순간 이 먹잇감의 눈에 곧 억눌렸던 미세한
떨림이 생겨날 것이다. 땀 흘리고 얼어붙은 채로, 그들을 그냥
내버려두라, 다른 곳이 더 나을 테니. 천만에, 삶이 끝나가고, 다른
곳엔 아무것도 없고, 흰색 속에서 잃어버린 흰 점을 다시 찾을

수도 없으니, 그들이 이 폭풍우 한가운데, 또는 더 지독한 폭풍우 속에, 또는 완전히 칠흑 같은 이 어둠 속에, 또는 변함없이 엄청난 흰색 속에, 얌전히 머물러 있는지, 아니면 그들이 무엇을 하는지, 보라.

(1965년)

쿵

모든 게 알려진 모든 게 하얗고 마치 바느질로 꿰매진 듯 두 다리가 달라붙은 벌거벗은 흰 1미터 몸. 빛 열기 흰 바닥 결코 본 적 없는 1제곱미터. 2미터 중 1미터는 하얀 벽들 흰 천장 결코 본 적 없는 1제곱미터. 고정된 벌거벗은 흰 몸 간신히 두 눈만 보이는. 거의 흰색 위의 흰색 같은 잿빛으로 뒤엉킨 흔적들. 바닥을 보이며 공허하게 펼쳐져 늘어진 두 손 직각으로 발꿈치를 모으고 있는 흰 두 발. 빛 열기 눈부시게 하얀 표면들. 고정된 벌거벗은 흰 몸 앗 다른 곳에 고정된. 뒤엉킨 흔적들 거의 하얀 잿빛의 의미 없는 신호들. 흰색 위의 흰색처럼 보이지 않고 고정된 벌거벗은 흰 몸. 오직 두 눈만이 가까스로 거의 하얀 창백한 푸른빛. 제법 치켜든 공 모양의 머리 거의 하얀 창백한 푸른빛의 정면에 고정된 눈 그 안의 침묵. 거의 모두 절대 알아들을 수 없는 짧은 중얼거림만 간신히. 뒤엉킨 흔적들 거의 흰색 위의 흰색처럼 잿빛의 의미 없는 신호들. 직각으로 발꿈치를 모으고 마치 바느질로 꿰매진 듯 달라붙은 두 다리. 거의 흰색 위의 흰색처럼 잿빛의 검은색으로 주어진 유일하게 미완성인 흔적들. 빛 열기 2미터 중 1미터는 눈부시게 하얀 벽들. 1미터로 고정된 벌거벗은 흰 몸 앗 다른 곳에 고정된. 뒤엉킨 흔적들 거의 하얀 잿빛의 의미 없는 신호들. 직각으로 발꿈치를 모으고 있는 보이지 않는 흰 발들. 푸른빛 거의 하얀 창백한 푸른빛으로 주어진 유일하게 미완성인 두 눈. 거의 1초도 결코 되지 않는 어쩌면 한 번이 아닌 중얼거림만 간신히. 흰색 위의 흰색처럼 보이지 않는 장밋빛으로 간신히 주어진 1미터로 고정된 벌거벗은 흰 몸. 빛 열기 항상 똑같지도 않고 절대 다 알아들을 수도 없는 중얼거림만 간신히. 바닥을 보이며 공허하게 펼쳐져 늘어진 보이지 않는 흰 손들. 1미터로 고정된 벌거벗은 흰 몸 앗 다른 곳에 고정된. 거의 하얀 창백한 푸른빛의 두 눈만이 간신히 정면에 고정되어 있는. 거의 1초도 결코 되지 않는 중얼거림만 간신히 어쩌면 출구. 제법 치켜든 공 모양의 머리 거의 하얀 창백한 푸른빛의 눈 쿵 중얼거림 쿵

침묵. 마치 보이지 않는 흰 실로 꿰매진 것 같은 입. 쿵 어쩌면
어떤 본성 거의 절대로 기억으로부터 오지 않는 한순간 거의
절대로. 각자 흔적을 지닌 뒤엉킨 흰 벽들 거의 하얀 잿빛의 의미
없는 신호들. 빛 열기 모든 게 알려지고 모든 게 하얗고 보이지
않게 만나는 표면들. 쿵 거의 1초도 결코 되지 않는 중얼거림만
간신히 어쩌면 어떤 의미 그조차 거의 절대로 기억으로부터 오지
않는. 직각으로 발꿈치를 모으고 있는 보이지 않는 흰 발들 앗
소리 없는 다른 곳. 바닥을 보이며 공허하게 펼쳐져 늘어진 두
손 마치 바느질로 꿰매진 듯 달라붙은 두 다리. 제법 치켜든 공
모양의 머리 정면에 고정된 거의 하얀 창백한 푸른빛의 눈 그
안의 침묵. 앗 언제나 다른 곳 또는 그렇지 않다고 알려진. 오직
두 눈만이 미완성의 푸른 구멍들처럼 주어진 거의 하얀 창백한
푸른빛 유일한 색깔 고정된 정면. 모든 게 알려지고 모든 게 하얀
눈부시게 하얀 표면들 쿵 거의 1초도 결코 되지 않는 중얼거림만
간신히 광속의 시간 그조차 거의 결코 기억으로부터 오지 않는.
1미터로 고정된 벌거벗은 흰 몸 앗 다른 곳에 고정된 흰색 위의
흰색처럼 보이지 않는 심장 소리 없는 숨결. 오직 푸른색으로
주어진 정면에 고정된 두 눈 거의 하얀 창백한 푸른빛 유일한
색깔 유일한 미완성. 보이지 않게 만나는 표면들 그중 하나만이
한없이 하얗게 빛나거나 그렇지 않다고 알려진. 코 귀 흰 구멍들
마치 보이지 않는 흰 실로 꿰매진 것 같은 입. 쿵 거의 1초도
결코 되지 않는 항상 똑같은 모두 알려진 중얼거림만 간신히.
장밋빛으로 간신히 주어진 고정된 보이지 않는 벌거벗은 흰 몸
모두 알려진 안과 밖. 쿵 어쩌면 어떤 본성 바람 따라 다소 덜
파랗고 하얀 이미지와 함께하는 한순간. 눈부시게 하얀 천장 결코
보여진 적 없는 1제곱미터 쿵 어쩌면 그쪽으로 출구 일순간 쿵
침묵. 검은색으로 주어진 미완성의 뒤엉킨 회색 흔적들뿐 거의
하얀 잿빛의 의미 없는 항상 같은 신호들. 쿵 어쩌면 한 번이
아닌 언제나 똑같으면서도 약간 덜하기도 한 이미지와 함께하는
한순간 그조차 거의 결코 기억으로부터 오지 않는 쿵 침묵. 간신히
장밋빛을 띠는 하얗게 완성된 손톱들. 흰색을 띠는 보이지 않는
완성된 긴 머리카락들. 보이지 않는 흉터들 간신히 장밋빛으로

된 예전의 상처 입은 살들처럼 하얀. 쿵 간신히 이미지 거의 결코 1초도 되지 않는 바람 따라 파랗고 하얀 광속의 시간. 제법 치켜든 공 모양의 머리 코 귀 흰 구멍들 마치 보이지 않는 흰 실로 꿰매진 것 같이 완성된 입. 오직 푸른색으로 주어진 정면으로 고정된 두 눈 거의 하얀 창백한 푸른색 유일한 색깔 유일한 미완성. 빛 열기 눈부시게 하얀 표면들 그중 하나만이 한없이 하얗게 빛나거나 그렇지 않다고 알려진. 쿵 간신히 어떤 본성 거의 결코 1초도 되지 않는 바람 따라 파랗고 하얀 항상 같은 이미지와 거의 동시에 함께하는. 잿빛의 뒤엉킨 흔적들 두 눈 정면으로 고정된 거의 하얀 창백한 푸른빛의 구멍들 쿵 어쩌면 거의 결코 없었던 간신히 하나의 의미 쿵 침묵. 1미터로 고정된 벌거벗은 흰색 앗 소리 없이 다른 곳에 고정된 직각으로 발꿈치를 모으고 바느질로 꿰매진 듯 달라붙은 두 다리 공허하게 바닥을 보이며 공허하게 펼쳐져 늘어진 두 손. 제법 치켜든 공 모양의 머리 두 눈 정면에 고정된 거의 하얀 창백한 푸른빛의 구멍들 그 안의 침묵 앗 언제나 다른 곳 또는 그렇지 않다고 알려진. 쿵 어쩌면 한 번이 아닌 이미지와 거의 동시에 함께하는 반쯤 감긴 검고 흰 눈 애원하는 긴 속눈썹들 그조차 거의 결코 기억으로부터 오지 않는. 멀리 섬광 같은 시간 아주 오래전 아주 하얗게 완성된 앗 섬광 눈부시게 하얀 흔적 없는 벽들 두 눈 마지막 색깔 앗 하얗게 마무리된. 앗 고정된 마지막 다른 곳 직각으로 발꿈치를 모으고 바느질로 꿰매진 듯 달라붙은 두 다리 바닥을 보이며 공허하게 펼쳐져 늘어진 두 손 제법 치켜든 공 모양의 머리 보이지 않는 정면에 고정된 완성된 흰 눈. 간신히 장밋빛으로 주어진 벌거벗은 보이지 않는 1미터의 흰색 안과 밖으로 모두 알려지고 완성된. 결코 보여진 적 없는 흰 천장 쿵 예전엔 거의 결코 1초도 되지 않는 어쩌면 그쪽으로 결코 보여진 적 없는 흰 바닥. 쿵 간신히 오래전의 어쩌면 어떤 의미 어떤 본성 거의 결코 1초도 되지 않는 바람 따라 파랗고 하얀 그조차 결코 더 이상 기억으로부터 오지 않는. 흔적 없는 흰 표면들 그중 하나만이 한없이 하얗게 빛나거나 그렇지 않다고 알려진. 빛 열기 모두 알려지고 모두 하얀 심장 소리 없는 숨결. 제법 치켜든 공 모양의 머리 정면에 고정된 늙은 흰 눈 쿵 어쩌면 한 번이 아닌 마지막

중얼거림 한순간 반쯤 감긴 검고 흰 빛바랜 눈 애원하는 긴 속눈썹
쿵 침묵 앗 완성된.

(1966년)

없는[3]

폐허들 진정한 도피처 멀리서부터 수많은 거짓들을 거치며
마침내 그쪽으로 향하게 된. 아득히 먼 곳들 뒤섞인 땅 하늘 소리
하나 없고 아무것도 움직이지 않는. 회색 평면 푸르고 창백한 둘
작은 몸 뛰는 심장 홀로 서 있는. 불 꺼진 열린 네 개의 벽이 뒤로
넘어간 출구 없는 진정한 도피처.

잿빛 모래와 뒤섞여 흩어진 폐허들 진정한 도피처. 낮게 깔린
하얀 빛을 온통 받고 있는 정육면체 흔적도 어떤 기억도 없는
평면들. 그저 시간도 몽상도 지나가는 빛도 없는 회색 공기만이
있었을 뿐. 잿빛 하늘 비춰진 땅 비춰진 하늘. 그저 이 변하지 않는
꿈 지나가는 시간만이 있었을 뿐.

지나가는 소나기 열린 하늘을 마주하고 그는 축복받았던
때처럼 신을 저주할 것이다. 작은 몸 회색 평면 윤곽들 틈 그리고
작은 구멍들 푸르고 창백한 둘. 흔적 없는 평면들 낮게 깔린 흰색
평온한 눈 결국 어떤 기억도 없는.

몽상 빛 시간도 소리도 없는 회색 공기만이 있었을 뿐. 낮게
깔린 흰색에 거의 닿을 듯 가까이 있는 흔적 없는 평면들 어떤
기억도 없는. 달라붙은 잿빛의 작은 몸 먼 곳을 마주한 뛰는 심장.
축복받은 푸른 날들에 그랬듯이 구름 무리가 지나가며 그의 위로
비가 내릴 것이다. 정육면체 진정한 도피처 결국 소리 없이 뒤로
넘어간 네 개의 벽.

구름 한 점 없는 회색 하늘 소리 하나 없고 아무것도 움직이지
않는 땅 잿빛 모래. 땅처럼 하늘처럼 폐허들처럼 회색인 작은 몸
하나만 홀로 서 있고. 주변엔 아득히 멀리 땅과 하늘이 뒤섞인
잿빛.

그는 모래 속에서 움직일 것이며 모래들은 하늘에서 공기
속에서 움직일 것이다. 아름다운 꿈은 꿈속에서 오직 한 번 있을
뿐. 홀로 서 있는 작은 몸 작은 덩어리 잿빛의 뛰는 심장. 평평하게
뒤섞인 아득한 땅 하늘 홀로 서 있는 작은 몸. 잡히지 않는
모래 속에서 먼 곳을 향한 한 걸음을 그는 다시 내딛을 것이다.

숨소리조차 없는 침묵 사방이 똑같은 회색 땅 하늘 몸 폐허들.

폐허와 함께 느린 어둠 진정한 도피처 소리 없이 뒤로 넘어간 네 개의 벽. 한 덩어리가 된 두 다리 옆구리에 고정된 두 팔 먼 곳을 마주한 작은 몸. 사라져버린 꿈속에서는 그저 길고 순식간인 시간이 지나갔을 뿐. 홀로 서 있는 작은 몸 매끄러운 회색 아무 높낮이도 없는 몇 개의 구멍들. 모래를 등지고 먼 곳을 향해 그는 폐허들 속으로 한 걸음 내딛을 것이다. 더 좋은 날들 다른 밤들의 꿈들이 만들어낸 꿈 낮과 밤들이 있을 뿐. 그는 한 걸음의 시간을 다시 살 것이며 그의 위로 먼 곳들이 펼쳐진 낮과 밤이 다시 올 것이다.

뒤로 넘어간 넷 안의 출구 없는 진정한 도피처 흩어진 폐허들. 작은 몸 작은 덩어리 무성한 음부 엉덩이 회색으로 물들어 갈라진 유일한 덩어리. 결국 출구 없이 펼쳐진 진정한 도피처 소리 없이 뒤로 넘어간 네 개의 벽들. 아득히 먼 곳들 뒤섞인 땅 하늘 아무것도 움직이지 않고 숨소리조차 없는. 흔적 없는 흰 평면들 평온한 눈 머리 어떤 기억도 없는 그것의 이성. 주변에는 흩어진 잿빛 폐허들 결국 출구 없는 진정한 도피처.

홀로 서 있는 잿빛의 작은 몸 먼 곳을 마주한 뛰는 심장. 축복받은 때처럼 모든 게 아름답고 모든 게 새롭고 불행이 지배하리라. 공기 하늘 몸 폐허들 고운 잿빛 모래와 똑같이 회색인 땅 모래. 빛 도피처 낮게 깔린 흰색 흔적 없는 평면들 어떤 기억도 없는. 끝없이 평평한 가운데 홀로 서 있는 작은 몸 사방이 똑같은 회색 땅 하늘 몸 폐허들. 거의 닿을 듯 가까이 있는 하얀 평온함을 마주한 평온한 눈 결국 어떤 기억도 없는. 잡히지 않는 모래 속에서 다시 한 걸음 오직 한 걸음을 그는 홀로 내딛을 것이다.

불 꺼진 열린 출구 없는 진정한 도피처 멀리서부터 수많은 거짓들을 거치며 마침내 그쪽으로 향하게 된. 상상 속의 그 미친 웃음들 그 외침들과 같은 침묵만이 있을 뿐. 평온한 눈으로 본 머리 온통 하얗고 평온한 빛 어떤 기억도 없는. 몽상 그것들을 흩어지게 하는 새벽 그리고 황혼이라 불리는 다른 것.

그는 그의 위로 다시 열린 하늘을 마주 보며 폐허들 모래들 먼 곳들을 등지고 갈 것이다. 영원한 회색의 공기 아득하게 먼 폐허들과 똑같이 회색으로 뒤섞인 땅 하늘. 그의 위로 다시 낮과 밤이 올 것이며 먼 곳들 공기 심장이 다시 뛸 것이다. 진정한 도피처 결국 흩어진 폐허들 모래들처럼 회색인.

손에 닿을 듯 가까운 평온한 눈과 마주한 평온함 온통 흰색 어떤 기억도 없는. 시 속의 하늘색을 미친 상상력으로 상상해볼 뿐. 작은 빈자리 거대한 빛 온통 하얀 정육면체 흔적 없는 어떤 기억도 없는 평면들. 언제나 회색 공기뿐 아무것도 움직이지 않고 숨소리조차 없는. 뛰는 심장 홀로 서 있는 작은 몸 회색 평면 무성한 윤곽들 푸르고 창백한 둘. 손에 닿을 듯 가까운 하얀 빛 평온한 눈으로 본 머리 어떤 기억도 없는 그것의 모든 이성.

땅 하늘 폐허들과 똑같이 회색인 홀로 서 있는 작은 몸. 숨소리조차 없는 침묵 사방에 똑같은 회색 땅 하늘 몸 폐허들. 불 꺼진 열린 네 개의 벽이 뒤로 넘어간 출구 없는 진정한 도피처.

잿빛 하늘 비춰진 땅 비춰진 하늘. 영원히 회색인 공기 아득하게 먼 폐허들과 똑같이 회색인 뒤섞인 땅 하늘. 잡히지 않는 모래 속에서 먼 곳을 향한 한 걸음을 그는 다시 내딛을 것이다. 그의 위로 다시 낮과 밤이 올 것이며 먼 곳들 공기 심장이 다시 뛸 것이다.

몽상 빛 시간도 소리도 없는 회색 공기만이 있었을 뿐. 아득하게 먼 곳들 뒤섞인 땅 하늘 아무것도 움직이지 않고 숨소리조차 없는. 축복받은 푸른 날들에 그랬듯이 구름 무리가 지나가며 그의 위로 비가 내릴 것이다. 구름 한 점 없는 회색 하늘 소리 하나 없고 아무것도 움직이지 않는 땅 잿빛 모래.

작은 빈자리 거대한 빛 온통 하얀 정육면체 흔적 없는 어떤 기억도 없는 평면들. 끝없이 평평한 가운데 홀로 서 있는 작은 몸 사방이 똑같은 회색 땅 하늘 몸 폐허들. 잿빛 모래와 뒤섞여 펼쳐진 폐허들 진정한 도피처. 정육면체 진정한 도피처 결국 네 개의 벽이 소리 없이 뒤로 넘어간. 오직 이 변함없는 꿈 지나가는 시간만이 있었을 뿐. 오직 영원한 회색 공기 몽상 지나가는 빛만이 있었을 뿐.

뒤로 넘어간 넷 안의 출구 없는 진정한 도피처 흩어진 폐허들. 그는 한 걸음의 시간을 다시 살 것이며 그의 위로 먼 곳들이 펼쳐진 낮과 밤이 다시 올 것이다. 손에 닿을 듯 가까운 하얀 평온함과 마주한 평온한 눈 결국 아무 기억도 없는. 회색 평면 푸르고 창백한 둘 심장이 뛰며 홀로 서 있는 작은 몸. 그는 땅에 등을 대고 그의 위로 다시 열린 하늘을 마주 보며 갈 것이다 폐허들 모래들 먼 곳들. 공기 하늘 몸 폐허들 고운 잿빛 모래와 똑같이 회색인 땅 모래. 손에 닿을 듯 가까운 흔적 없는 평면들 낮게 깔린 흰색 어떤 기억도 없는.

뛰는 심장 홀로 서 있는 작은 몸 회색 평면 무성한 윤곽들 푸르고 창백한 둘. 홀로 서 있는 작은 몸 매끄러운 회색 아무 높낮이도 없는 몇 개의 구멍들. 더 좋은 날들 다른 밤들의 꿈들이 만들어낸 꿈 낮과 밤들이 있을 뿐. 그는 모래 속에서 움직일 것이며 모래들은 하늘에서 공기 속에서 움직일 것이다. 모래를 등지고 먼 곳을 향해 그는 폐허들 속으로 한 걸음 내딛을 것이다. 상상 속의 그 미친 웃음들 그 외침들과 같은 침묵만이 있을 뿐.

진정한 도피처 결국 흩어진 폐허들 모래들처럼 회색인. 언제나 회색 공기뿐 아무것도 움직이지 않고 숨소리조차 없는. 흔적 없는 하얀 평면들 평온한 눈 머리 어떤 기억도 없는 그의 이성. 사라져버린 꿈속에서는 그저 길고 순식간인 시간이 지나갔을 뿐. 낮게 깔린 하얀 빛을 온통 받고 있는 정육면체 흔적도 어떤 기억도 없는 평면들.

불 꺼진 열린 출구 없는 진정한 도피처 멀리서부터 수많은 거짓들을 거치며 그쪽으로 향하게 된. 평온한 눈으로 본 머리 온통 하얗고 평온한 빛 어떤 기억도 없는. 축복받은 때처럼 모든 게 아름답고 모든 게 새롭고 불행이 지배하리라. 주변엔 아득히 멀리 땅과 하늘이 뒤섞인 잿빛. 주변에는 흩어진 잿빛 폐허들 결국 출구 없는 진정한 도피처. 아름다운 꿈은 꿈속에서 오직 한 번 있을 뿐. 작은 몸 회색 평면 윤곽들 틈 그리고 작은 구멍들 푸르고 창백한 둘.

폐허들 진정한 도피처 멀리서부터 수많은 거짓들을 거치며 마침내 그쪽으로 향하게 된. 시 속의 하늘색을 미친 상상력으로 상상해볼 뿐. 손에 닿을 듯 가까운 하얀 빛 평온한 눈으로 본 머리 어떤 기억도 없는 그것의 모든 이성.

폐허와 함께 느린 어둠 진정한 도피처 소리 없이 뒤로 넘어간 네 개의 벽. 평평하게 끝없이 뒤섞인 땅 하늘 홀로 서 있는 작은 몸. 잡히지 않는 모래 속에서 다시 한 걸음 오직 한 걸음을 그는 홀로 내딛을 것이다. 홀로 서 있는 잿빛의 작은 몸 먼 곳을 마주한 뛰는 심장. 빛 도피처 낮게 깔린 하얀 빛 흔적도 어떤 기억도 없는 평면들. 아득하게 먼 곳들 뒤섞인 땅 하늘 어떤 소리도 없는 아무것도 움직이지 않는.

한 덩어리가 된 두 다리 옆구리에 고정된 두 팔 먼 곳을 마주한 작은 몸. 결국 출구도 없이 흩어진 진정한 도피처 네 개의 벽이 소리도 없이 뒤로 넘어간. 흔적 없는 평면들 낮게 깔린 하얀 빛 평온한 눈 결국 어떤 기억도 없는. 지나가는 소나기 열린 하늘을 마주하고 그는 축복받았던 때처럼 신을 저주할 것이다. 거의 닿을 듯 가까이 있는 하얀 평온함을 마주한 평온한 눈 결국 어떤 기억도 없는.

홀로 서 있는 작은 몸 작은 덩어리 잿빛의 뛰는 심장. 달라붙은 잿빛의 작은 몸 먼 곳을 마주한 뛰는 심장. 작은 몸 작은 덩어리 무성한 음부 엉덩이 회색으로 물들어 갈라진 유일한 덩어리. 몽상 그것들을 흩어지게 하는 새벽 그리고 황혼이라 불리는 다른 것.

(1969년)

1. 베케트가 직접 번역한 영어 판본에서는 이 단락이 삭제되었다. 사뮈엘 베케트, 『산문 전집 1929–89(The Complete Short Prose, 1929–1989)』, 뉴욕, 그로브 출판사(Grove Press), 1995, p. 190.

2. 영어 판본에서는 이 문장이 삭제되었다.

3. 베케트는 이 작품 「없는(Sans)」에 대해, 「쿵(Bing)」의 일종의 후속작으로 설명한 바 있다. 전작과 마찬가지로 이 작품에서도 이른바 '불확정성' 또는 '우연'의 글쓰기가 사용되고 있다. 즉 작가는 각 10개의 문장으로 구성된 6개의 그룹을 구상한 후 이들을 뒤섞어 60개의 문장으로 배치한 다음, 순서와 구조 등을 임의로 바꿔서 새로운 60개의 문장을 다시 만들어낸다(2×60 = 120). 그리고 그 문장들을 또 임의로 나눠 24개의 단락으로 완성한다. 베케트 연구자들은 이러한 우연적 조합 방식을 지닌 글쓰기에 대해 초현실주의자들의 시에서 그 영향을 찾기도 하고, 현대음악(특히 존 케이지[John Cage])과의 연관성을 지적하기도 한다.

소멸자

몸들이 각자 자신의 소멸자를 찾아다니는 거주지. 찾는 게 허사로 끝날 수 있을 만큼 충분히 넓은. 어떠한 도주도 허사로 끝날 만큼 충분히 제한된. 둘레 50미터 높이 16미터로 균형을 맞춘 납작한 원통의 내부. 빛. 그것의 희미함. 그것의 노란색. 약 8만 제곱센티미터의 전체 표면이 각자 빛을 발하고 있는 듯 어디에나 있는 빛. 그 빛을 흔드는 헐떡임. 마치 마지막에 다다른 숨소리처럼 그것은 때로 멈춘다. 그러면 모든 것이 고정된다. 그들의 거주지는 아마도 곧 종말을 고할 것이다. 몇 초 후 모든 것이 다시 시작된다. 무언가를 찾는 눈에 대한 이 빛의 결과들. 더 이상 무언가를 찾지 않고 바닥에 고정되거나 누구 하나 있을 수 없는 먼 천장으로 들어 올려지는 눈에 대한 결과들. 온도. 더 느린 호흡이 온도를 더위와 추위 사이에서 흔들리게 한다. 온도는 약 4초 안에 이쪽 끝에서 저쪽 끝으로 이동한다. 어느 정도 덥거나 추운 평온한 순간들이 있다. 그 순간들은 빛이 평온해지는 순간들과 일치한다. 그러면 모든 것이 고정된다. 모든 것은 아마도 곧 끝날 것이다. 몇 초 후 모든 것이 다시 시작된다. 피부에 대한 이 온도의 결과들. 피부가 쭈글쭈글해진다. 마른 잎 같은 소리를 내며 몸들이 서로 스친다. 점막들도 그 영향을 받는다. 입맞춤은 묘사할 수 없는 소리를 낸다. 짝짓기를 하려고 아직도 엉켜 있는 자들은 뜻을 이루지 못한다. 하지만 그들은 그것을 인정하려 하지 않는다. 바닥과 벽은 단단한 고무 또는 그와 유사한 것으로 되어 있다. 발이나 주먹 또는 머리를 격렬하게 부딪치며 그들은 간신히 소리를 낸다. 결국 발걸음 소리는 나지 않는 것이다. 소리라는 이름에 걸맞은 소리들이라고는 사다리들을 움직일 때와 몸들끼리 또는 갑자기 자기 가슴을 요란하게 칠 때처럼 자기 혼자 부딪칠 때 나는 것들뿐이다. 뼈와 살이 이렇게 유지된다. 사다리들. 그것들이 유일한 물건이다. 높이는 다양하지만 그것들은 예외 없이 1인용이다. 가장 작은 것들도 6미터가 넘는다. 미끄럼 장치가 달린 것들도 몇 개 있다. 그것들은 불균형하게 벽에 기대어져 있다. 가장 높은 사다리의 꼭대기에 서면 가장 큰 사람들은 손가락 끝으로 천장에 닿을 수 있다. 사다리의 재료는 바닥과 벽의 재료와 같다고 알려져 있다. 사다리 발판과 심하게 부딪쳐도 거의 소리가 나지 않는다. 많은 사람들이 사다리를 찾는다. 사다리의 끄트머리마다 거의 항상 작은 대기 줄이 생긴다. 하지만 사다리를 사용하려면 용기가 필요하다. 사다리에는 절반 정도 그것도 불균형하게 발판이 빠져 있기 때문이다. 발판이 두 개마다 하나씩 없다면 크게 어렵지는 않을 것이다. 하지만 세 개가 연속해서 없다면 곡예를 해야만 한다. 그래도 많은 사람들이 이 사다리들을 찾는 만큼 그것들이 그저 바닥과 꼭대기를 연결해주는 단순한 다리의 상태로 축소될 일은 없다. 기어오르는 것의 필요성이 너무나 널리 퍼져 있기 때문이다. 더 이상 그럴 필요가 없다는 해방감을 느끼는 일은 드물다. 사다리에서 빠진 발판들은 소수 특권층들의 손에 있다. 그들은 주로 공격과 방어를 위해 그것들을 사용한다. 그걸로 스스로 머리를 내려치려는 외로운 시도들은 기껏해야 잠시 의식을 잃는 것으로 귀결된다. 사다리들의 목적은 탐색자들을 틈새 집에 데려다주는 것이다. 더 이상 그곳에 가지 않는 자들은 그저 바닥에서 벗어나기 위해 그것을 사용한다. 거기엔 두 명이 올라가지 않는 게 관례로 되어 있다. 빈 사다리 하나를 찾아낼 정도로 제법 운 좋은 도망자는 다른 이들의 분노가 잦아들 때까지 거기에 피신해 있을 수 있다. 틈새 집 또는 우묵한 곳. 그것들은 중간 정도 높이에서 상상의 띠를 만들어 그 위의 벽에 직접 구멍을 낸 빈 공간들이다. 그것들은 따라서 중간 이상의 상층부하고만 관련이 있을 뿐이다. 어느 정도 큰 입구가 다양한 넓이의 공간으로 빠르게 인도해주는데 이 공간은 적당한 관절 작용을 통해 몸이 들어가 그럭저럭 누울 수 있기에는 항상 충분하다. 이 공간들은 평균 7미터 정도 교묘하게 옆으로 비껴난 불규칙한 5점형으로 배치되어 있다. 오랫동안 드나든 끝에 이곳에 대한 완벽한 이미지를 머릿속에 지닐 정도로 이 틈새 집들 전체를 속속들이 아는 자만이 맛볼 수 있는 조화. 그러나 그런 사람이 존재할지는 의심스러운 일이다. 기어오르는 자들마다 자기가 특별히 좋아하는 집들이 있어서 다른 곳으로 올라가는 일을 최대한 피하기 때문이다. 몇몇 사람들은 두꺼운 벽 안에 설치되어 50미터까지 이어진 터널을 통해 자기들끼리 연결되어 있다. 하지만 대부분의 사람들에게는 입구 외의 다른 출구는 없다. 어느 순간에 절망감이 팽배하기라도 했던 모양이다. 이러한 정신적 관점을 뒷받침하고자 그 긴 터널의 존재가 마치 막다른 골목처럼 폐기되었음을 주목하자. 경솔하게 위험을 무릅쓰고 그곳에 들어갔다가 온갖 고생을 한 후 또 기를 쓰고 뒷걸음질 치며 기어서 되돌아와야 하는 몸의 불행이라니. 사실 이 비극은 미완성 터널만의 전유물은 아니다. 일반적인 터널의 양쪽 끝에서 두 개의 몸이 동시에 진입했을 때 필연적으로 어떤 일이 일어나게 될지 생각해보기만 하면 된다. 틈새 집들과 터널들은 거주지 전체와 같은 조명 같은 온도의 지배를 받고 있다. 이것이 거주지에 대한 첫 번째 요약이다.

제곱미터당 하나의 몸 즉 어림잡아 총 200개의 몸들. 가깝고 먼 친척들 또는 어느 정도 친구들 원칙적으로 많은 사람들이 서로 아는 사이다. 북새통에다 어둡기까지 해서 누가 누구인지 알아보기는 어렵다. 어떤 측면에서 볼 때 이들은 네 부류이다. 첫 번째는 쉬지 않고 돌아다니는 자들. 두 번째는 가끔 멈추는 자들. 세 번째는 쫓겨나지 않는 한 자기가 차지한 자리를 절대 떠나지 않고 쫓겨날 경우 제일 먼저 눈에 띈 자리로 몸을 던져 다시 거기서 움직이지 않는 자들. 이는 완전히 정확하지는 않다. 이 마지막 부류 또는 정주(定住)하는 자들에게 기어오를 필요성이 전혀 없는 상태라고 해도 이상하게 다시 생겨날 여지는 아직 있기 때문이다. 그러니까 누군가 자기 자리를 떠나 빈 사다리를 찾아 떠나거나 가장 짧은 또는 가장 가까운 대기 줄에 끼어들 수도 있는 것이다. 사실 탐색자들에게 사다리를 포기하는 건 어려운 일이다. 원통 안의 고요함을 가장 격렬하게 뒤흔드는 자들은 역설적으로 이 정주하는 부류들이다. 네 번째는 단테의 보기 드문 창백한 미소들 중 하나를 끌어냈던 자세[1]로 즉 대부분 벽에 기대고 앉아 있는 애써 찾으려 하지 않는 자들 또는 비(非)탐색자들이다. 비탐색자들이라는 말을 통해 그리고 그것이 큰 차이를 만들어냄에도 불구하고 결국 구(舊)탐색자들 외의 다른 말로 이해하기는 불가능하다. 이 개념에서 다소 악의적인 부분을 덜어내기 위해서는 사다리에 대한 필요성만큼이나 되살아날 수 있는 탐색의 필요성 그리고 다른 얼굴들 다른 몸들 중에 어떤 경우에도 결코 내리깔거나 감지 않고 갑자기 다시 열광할 수 있는 이상한 능력을 지닌 눈을 상상해보는 것으로 충분하다. 그러나 이 소수의 사람들에게서 다소 시간이 걸리더라도 그들의 마지막 원동력의 흔적까지 파괴할 정도의 수는 언제나 충분히 남아 있을 것이다. 느린 속도로 인해 그리고 이를 일부 보상해주는 갑작스런 깨어남으로 인해 또 아직 남아 있는 열정 때문에 또는 그들이 모르는 사이 이르게 된 우울한 상태 때문에 멍해진 관련자들의 부주의로 인해 다행히도 느끼지 못하는 무기력. 그리고 몸들이 모두 움직이지 않게 되고 눈도 시력이 사라지는 자신들의 마지막 상태를 상상도 못 한 채 자기도 모르는 사이에 거기에 이르게 될 것이며 그렇게 되었다는 걸 알지도 못할 것이다. 그러면 어떻게 달라질지 예상도 못 할 정도로 빛과 온도도 달라질 것이다. 하지만 존재 이유가 없어진 빛은 꺼질 것이며 온도는 0도 언저리가 될 거라고 생각은 해볼 수 있다. 차가운 어둠 속에서 움직이지 않는 몸. 첫 번째 측면에서 본 이 몸들에 대해서는 그리고 이 개념과 그것이 유지될 경우의 결과들에 대해서는 대략 이러하다.

둘레 50미터 높이 16미터로 균형을 맞춘 즉 대략 전체 1천 200제곱미터의 표면 중 800미터가 벽으로 되어 있는 원통의 내부. 틈새 집들과 터널들은 계산에서 빼고. 인접한 양 끝 사이의 어지러운 왕복으로 흔들리는 어디에나 존재하는 노랗고 희미한 빛. 그런 동요로 인해 흔들리는 그러나 30배 또는 40배는 더 느리게 변하는 온도는 최대 약 25도에서 최소 약 5도로 빠르게 떨어지고 여기서 초당 5도의 규칙적인 변화가 일어난다. 이는 완전히 정확하지는 않다. 이 왕복의 양쪽 끝 사이의 차이는 단지 1도에 불과할 수도 있음이 명백하기 때문이다. 하지만 이런 진정 상태는 1초밖에 지속되지 않는다. 분명 같은 동력에서 비롯되는 두 개의 연결된 진동이 아주 가끔씩 멈춘 다음 10여 초까지도 이를 수 있는 다양한 정지 기간 후에 함께 다시 시작된다. 이러한 정지 기간은 활동 중인 자들의 모든 움직임과 움직이지 않는 자들의 고조된 부동성에 따라 정해진다. 유일한 사물인 열다섯 개의

1인용 사다리들 중 몇 개에는 미끄럼 장치가 달려 있으며 이들은 불규칙한 간격을 두고 벽에 세워져 있다. 벽의 위쪽 절반에는 조화를 위해 5점형으로 스무 개 정도의 틈새 집들이 배치되어 있으며 그들 중 몇몇은 터널에 의해 서로 연결되어 있다.

예로부터 언제나 출구가 존재한다는 소문이 돌거나 더 나아가 그런 생각이 널리 퍼졌다. 소문을 더 이상 믿지 않는 자들도 다시 소문을 믿게 될 수가 있는데 이는 출구가 지속되는 한 이곳의 모든 것이 죽어가긴 하지만 그건 너무나 점진적이고 또 말하자면 너무나 유동적인 죽음이어서 방문자가 알아챌 수 없을 정도라는 생각에 따른 것이다. 출구의 성격과 그 위치에 대해서는 주된 의견이 두 가지로 나뉘는데 모두 이 오래된 믿음에 충실하기 때문에 그리 상반되지는 않는다. 일군의 사람들에게 있어서 그것은 터널들 중 하나의 내부에 생겨난 비밀 통로일 수밖에 없으며 시인이 말하듯 자연의 성역으로 이어진다. 다른 사람들은 천장 중앙에 숨겨진 뚜껑 문이라고 생각하며 그것이 굴뚝으로 이어져 그 끝까지 가면 아직 태양과 다른 별들이 빛나고 있을 거라 상상한다. 두 의견들이 서로 입장을 바꾸는 경우도 빈번해서 한때 터널이라고 단언했던 자가 어느 순간 뚜껑 문이라고 단언하기도 하고 다시 나중에 자기가 틀렸다고 하는 경우도 얼마든지 가능하다. 그렇기는 해도 이들 두 입장 중 첫 번째가 두 번째를 위해 사라지는 것은 분명하다. 하지만 이는 너무나 느리고 또 종잡을 수 없는 방식으로 그리고 당연히 서로의 태도에 거의 영향을 미치지 않는 방식으로 이루어져서 그걸 알아채려면 신들끼리만 아는 비밀 속에 들어가야 한다. 이러한 변화의 추이는 당연한 결과이다. 왜냐하면 터널에서부터 출발하면 어떤 출구에라도 접근할 수 있을 것처럼 믿는 사람들은 꼭 그런 생각을 빌려오지 않고서라도 출구를 발견하는 일에 끌릴 수 있기 때문이다. 반면 뚜껑 문 지지자들은 천장 중앙이 손 닿지 않는 곳에 있다는 사실로 인해 그런 헛된 생각에서 벗어나 있다. 이렇게 해서 출구는 서서히 터널로부터 천장으로 옮겨가게 되고 그러다 아예 존재하지도 않았던 것으로 된다. 이것이 그 자체로서는 이상한 그래도 그 충실성으로 인해 그토록 많은 사로잡힌 자들의 마음에 영향을 미치는 이 믿음에 대한 첫 번째 요약이다. 이 불필요한 작은 빛은 그들을 기다리는 것이 어둠이라고 가정한다면 분명 마지막까지 그들과 함께할 것이다.

최대로 늘려져 벽에 기대어진 큰 사다리의 꼭대기에 서면 가장 큰 사람들은 손가락 끝으로 천장의 가장자리를 만질 수 있다. 그 사다리를 바닥 중간에 수직으로 세우면 그 사람들은 30센티미터를 더 얻게 되어 원칙적으로는 어떤 방법으로도 불가능한 가상의 즉 접근 불가능한 영역을 여유롭게 탐험할 수 있다. 이렇듯 사다리에 의존하는 것은 이해될 만한 일이기 때문이다. 사다리의 균형을 유지하기 위해서는 경우에 따라 받침대 역할을 해주는 다른 사다리들의 도움을 받으며 자신들의 힘을 합치기로 결심한 20여 명의 자원자들만 있으면 충분할 것이다. 연대감이 발휘되는 순간. 하지만 그들의 격렬함이 분출되는 순간이 지나게 되면 이러한 감정은 나비들에게만큼이나 그들에게도 낯선 것이다. 이는 마음이나 지식이 부족해서라기보다는 그들 각자가 사로잡혀 있는 이상형 때문이다. 신화 애호가들의 눈에는 땅과 하늘로 향한 출구가 숨겨져 있는 이 침범할 수 없는 천정(天頂)에 대해서는 대략 이러하다.

사다리의 사용은 기원이 모호한 규범들의 지배를 받는데 그것들은 기어오르는 자들에게 요구되는 정확성과 복종으로 인해 법과 유사하다. 전반적으로 평온하고 또 커다란 사건 외에는 서로에 대해 거의 신경도 쓰지 않는 사람들로 하여금 잘못한 사람에 대해 돌연히 집단적으로 분노하게 만드는 몇 가지 위반 사항들이 있다. 반대로 어떤 위반 사항들은 일반적인 무관심을 거의 흔들어놓지 못한다. 이는 처음에 볼 때는 꽤나 흥미로운 일이다. 모든 것은 사다리 하나에 다수가 올라감을 금지하는 데 기초하고 있다. 사다리를 사용 중인 자가 다시 바닥으로 내려오지 않는 한 그 사다리는 다음 사람이 사용할 수 없다. 이런 규칙이 존재하지 않음으로 인해 또는 이 규칙이 지켜지지 않음으로 인해 빚어질 혼란을 상상하려 해봐야 소용없을 것이다. 하지만 이 규칙은 모든 사람의 편의를 위해 만들어졌기 때문에 이 규칙이 무제한으로 적용되는 것도 또 어떤 몰상식한 자가 합리적인 한도를 넘어서 자기 사다리를 독점하는 것도 허용되지 않는다. 왜냐하면 어떤 식으로든 제동을 걸지 않을 경우 누군가는 틈새 집이나 터널에 영원히 정착하려는 망상을 품게 되고 그러면 사다리 하나가 아예 사용될 수 없기 때문이다. 그러면 그의 예를 따르려는 자들이 필연적으로 생겨나게 되고 그 경우 영원히 바닥을 운명으로 삼는 굴복자들을 제외한 185명이 기어오르는 장관을 보게 되고야 말 것이다. 아무짝에도 쓸모없는 소유물들의 존재가 얼마나 견디기 힘든 것인지는 말할 필요도 없을 것이다. 그리하여 숫자로 측정하긴 어렵지만 모두가 정확히 알고 있는 일정 기간이 지난 다음에는 사다리가 다시 자유로워진다는 즉 대기 줄의 제일 앞에 자리 잡아 쉽게 알아볼 수 있는 다음 사람이 같은 조건으로 기어오를 수 있도록 사다리를 사용한다는 것이 합의되었으며 남용하는 자들의 경우 어쩔 수 없는 일이다. 자기 사다리를 잃어버린 이 후자의 상황은 사실 미묘한데 원칙적으로는 그가 다시 바닥으로 돌아갈 수 없는 것으로 보인다. 다행스럽게도 올라가는 것보다 내려가는 것을 전적으로 우선시하는 다른 규칙 덕분에 그는 언젠가는 바닥으로 돌아가게 된다. 따라서 그는 자기 틈새 집 입구에서 동정을 살피다가 사다리가 오면 밑에서 올라오려고 하는 또는 올라오는 중인 사람이 자신에게 길을 내주는지 확인한 다음 태연하게 사다리를 타면 된다. 그가 감수해야 하는 최악의 경우는 사다리들의 순환으로 인해 기다림이 길어지는 것이다. 사실 다음 차례가 된 사람이 전 사람과 같은 틈새 집으로 올라가려는 경우는 매우 드물며 이는 적절할 때 등장하게 될 명백한 이유들로 인한 것이다. 그는 그렇게 자기 줄에 따라 사다리와 함께 떠나고 틈새 집들의 수와 사다리들의 수적인 차이로 인해 그에게 주어진 다섯 개의 틈새 집들 중 하나 아래에 사다리를 세운다. 주어진 시간을 초과한 그 불행한 자 얘기로 돌아가자면 터널 덕분에 그가 두 군데의 틈새 집에서 상황을 살펴볼게 될 경우 그가 빠르게 다시 내려올 수 있는 가능성은 두 배까지는 아니지만 명백히 더 증가하게 된다. 하지만 이 경우에도 그는 대체로 그리고 만약 터널이 길다면 언제나 두 틈새 집 중 하나에 집중하는 것을 선택하게 되는데 이는 양쪽 집을 오가는 사이에 사다리가 올까봐 두려워하기 때문이다. 하지만 사다리들이 단지 틈새 집과 터널로 가기 위해서만 사용되는 것은 아니며 일시적일지라도 그런 것에 더 이상 관심이 없는 자들은 그저 바닥을 벗어나기 위해 사다리를 사용한다. 그들은 올라가다가 자기들이 선택한 높이에서 멈추고 대체로 벽을 마주하고 선 채로 자리를 잡는다. 이러한 일군의 기어오르는 자들도 할당된 시간을 초과할 때가 있다. 그럴 경우엔 다음 차례인 자가 잘못을 저지른 자에게 올라가 등을 한 대 또는 몇 대 때려서 그가 정신을 차리도록 만들게 되어 있다. 그 이상 하지 않아도 잘못을 저지른 자는 자신의 후임자를 따라 서둘러 내려오게 되며 후임자는 평소대로의 조건 속에서 사다리를 차지하기만 하면 된다. 사다리 남용자의 이러한 고분고분한 모습은 규칙 위반이 의도적인 것이 아니라 자기 내부의 모래시계가 잠시 고장이 났기 때문이라는 걸 잘 보여주며 이해하기도 또 그러므로 용서하기도 쉬운 일이다. 바로 이런 이유 때문에 틈새 집과 터널까지 올라가는 자들에 의한 것이건 아니면 사다리 중간에서 멈추는 자들에 의한 것이건 간에 지극히 드물게 일어나는 이러한 실수는 주어진 시간이 끝나기 전에 자기들이 올라갈 차례임을 알아차린 불행한 자들의 분노를 결코 야기하지 않는 것이며 그들이 서두르는 것도 설명될 수 있는 것으로 보이고 또 정반대의 극단적 경우와 마찬가지로 용서받을 수 있는 것으로 보인다. 이는 사실 흥미로운 일이다. 하지만 그건 여러 명이 올라감을 금지하는 근본적 원칙에 대한 문제이며 이것이 계속 위반될 경우 원통은 빠르게 아비규환으로 변해버릴 것이다. 반면 바닥으로 뒤늦게 돌아가는 건 결국 뒤처진 자 자신에게만 해를 끼칠 뿐이다. 이것이 기어오르는 자들의 규범에 대한 첫 번째 개요이다.

사다리의 이동 또한 아무렇게나 이루어지는 것이 아니라 항상 회오리 방향으로 벽을 따라 행해진다. 이것은 사다리에 여러 명이 오르는 것을 금지하는 것만큼이나 엄격한 규칙이며 이를 어기는 것은 좋지 않다. 이는 지극히 당연한 일이다. 만일 가장 짧은 길을 찾으려고 사람들 무리 사이로 사다리를 움직이거나 또는 벽을 따라 양방향으로 무차별적으로 움직인다면 원통 안의 삶은 신속히 불가능해질 것이기 때문이다. 그리하여 벽을 따라 1미터 정도의 넓은 구역이 운반자들에게 주어진다. 이곳에는 올라가려고 차례를 기다리는 자들 또한 틀어박혀 있는데 이들은 벽에 등을 대고 대기 줄을 촘촘히 함으로써 그리고 최대한 몸을 돌출되지 않게 함으로써 정해진 활동 무대를 침범하지 않도록 해야 한다.

앉아 있거나 또는 벽에 기대고 서 있는 일련의 정주자들의 존재를 이 구역에서 발견하게 됨은 흥미롭다. 이들은 사실상 사다리에 대해서는 죽은 사람이나 마찬가지이며 운반자들과 기다리는 자들을 모두 불편하게 만드는 원천이지만 그래도 용인된다. 사실 이런 유의 반(半)현자들 게다가 모든 연령을 아우르는 이런 자들은 여전히 움직이는 자들에게 어떤 종교적 숭배나 최소한 경의를 불러일으키고 있는 것이다. 그들은 마치 당연히 자신들이 받아야 할 숭배인 양 거기에 집착하고 조금이라도 존경이 부족하면 병적으로 민감해진다. 혹시라도 누군가 이 정주 탐색자를 뛰어넘지 않고 밟고 지나가기라도 하면 그는 온 원통을 소란스럽게 만들 정도로 분노를 표출할 수 있다. 굴복자들 중의 5분의 4 또한 앉거나 선 상태로 벽에 붙어 있다. 그들은 밟혀도 반응하지 않는다.

무대의 탐구자들이 기어오른 자들의 공간을 침범하지 않으려고 기울이는 노력 또한 주목할 만하다. 무리 속에서 헛되이 찾는 것에 지친 그들이 이 구역 쪽으로 향하는 경우 이는 거기 있는 모든 자들을 탐욕스러운 눈으로 바라보며 천천히 상상의 경계선을 긋기 위함이다. 그들이 운반자들과 반대 방향으로 천천히 원을 그림으로써 첫 번째보다 더 좁은 두 번째 구역이 만들어지며 이 구역은 이번에는 대부분의 탐색자들에 의해 존중된다. 이는 적절하게 불이 밝혀진 위쪽에서 보면 중앙에서 바글대는 무리들 주위로 두 개의 가느다란 고리가 서로 반대 방향으로 움직이고 있는 것 같은 인상을 때로 주게 된다.

유효 공간의 1제곱미터당 하나의 몸 즉 대략 200개의 몸들. 남성과 여성 그리고 노인부터 아주 어린 아이까지 모든 연령대의 몸들. 더 이상 젖을 빨 수 없게 된 아기들은 품 안에서 또는 바닥에 조숙한 자세로 쪼그려 앉아 눈으로 찾는다. 좀 더 나이가 든 아이들은 네발로 기어 다니며 다리들 사이에서 찾는다. 한 여인에 대해 상세히 묘사해보자면 허벅지로 볼 때 아직 젊은 긴 백발의 그녀는 포기한 채 눈을 감고 벽에 기대어 고개를 좀 더 잘 돌려서 자기 뒤를 보려고 애쓰는 아이를 기계적으로 자기 가슴에 끌어당기고 있다. 하지만 이렇게 아주 어린 아이들의 수는 거의 얼마 되지 않는다. 아무도 존재할 수 없는 자기 안을 들여다보는 자는 아무도 없다. 눈을 내리깔거나 감는 것은 포기를 의미하며 굴복자들에게만 속하는 것이다. 한 손의 손가락들로 정확히 세어질 수 있는 이 사람들이 꼭 정지해 있는 것은 아니다. 그들은 무리 속으로 돌아다닐 수 있으며 아무것도 보지 못한다. 육신의 눈으로는 계속 애쓰며 돌아다니는 자들과 그들을 전혀 구분하지 못한다. 돌아다니는 자들은 그들을 알아보고 그들이 지나가게 내버려둔다. 그들은 사다리 끝에서 기다릴 수도 있으며 자기들 차례가 오면 틈새 집으로 올라가거나 아니면 그냥 자리를 뜬다. 그들은 찾을 게 아무것도 없으면서도 터널 안을 더듬거리며 기어갈 수 있다. 하지만 보통은 공간 속에서와 마찬가지로 자세에서도 단념이 그들을 꼼짝 못 하게 만든다. 그들이 서 있건 앉아 있건 간에 고개를 움직이지 않고 지나가는 모든 몸을 탐욕스런 시선으로 살펴보는 정주 탐색자들과 그들을 구별할 수 있게 하는 것은 대개의 경우 깊숙이 숙인 자세이다. 무대 한가운데 잡혀서 움직이는 사람들 사이에 발이 묶인 한 명만 제외하고는 그들은 서 있건 앉아 있건 벽에 붙어 있다. 움직이는 자들은 그를 알아보고 방해하지 않는다. 마치 이전에 사다리를 포기했던 자들이 갑자기 거기에 다시 달려들 듯 이들의 눈에 갑작스럽게 생기가 돌아올 여지는 항상 있다. 존재하지 않는 최소의 가능성이 원통 안에 더 이상 존재하지 않게 되고 이렇게 표현할 수 있을지 모르겠지만 최소한의 최소 속에는 온통 무(無)라는 것이 사실일지라도 말이다. 그리하여 상상할 수 없는 첫날만큼이나 굶주린 눈들은 갑작스럽게 다시 찾기 시작하고 그러다 결국 명백한 이유 없이 불현듯 다시 감기거나 고개를 떨구게 된다. 이렇게 표현할 수 있을지 모르겠지만 이는 마치 바람으로 만들어진 엄청난 모래 더미에서 누군가 2년 중 1년은 세 알갱이를 빼내고 나머지 1년은 두 알갱이를 더하는 것과 같다. 만약 굴복자들에게 아직 갈 길이 남아 있다면 다른 자들에 대해선 어떤가 그리고 탐색자들이라는 멋진 이름이 아니라면 그들에게 어떤 이름을 부여할 수 있을 것인가. 단연 다수를 차지하는 자들은 사다리를 기다릴 때나 틈새 집에서 망을 볼 때를 제외하고는 절대 멈추지 않는다. 다른 자들은 가끔 잠깐씩 멈추기는 하지만 눈으로 찾는 걸 멈추지는 않는다. 정주 탐색자들의 경우 그들이 더 이상 돌아다니지 않는 이유는 계산을 해본 결과 자기들이 정복한 공간에 있는 게 더 좋다고 평가를 했기 때문이며 그들이 틈새 집과 터널 속으로 더 이상 거의 올라가지 않는 이유는 올라가봤자 헛수고였던 경우가 너무나 많았거나 거기서 안 좋은 만남들을 너무나 많이 겪었기 때문이다. 어떤 머리 좋은 자는 이들에게서 미래의 굴복자를 보려고 할지도 모르겠고 더 나아가 쉼 없이 돌아다니는 자들에 대해 조만간 그들이 가끔씩 멈추는 자들처럼 하나씩 되고 말 거라고 또 가끔씩 멈추는 자들은 정주자가 되고 말 거라고 또 정주자들은 굴복자가 되고 말 것이며 그렇게 얻어진 200명의 굴복자들은 조만간 한 명씩 차례로 자기 자리와 자기 자세에 영원히 고정된 진정한 굴복자들이 되고 말 거라고 주장할지도 모르겠다. 하지만 만일 이 종족들에게 번호로 순서를 매긴다면 첫 번째에서 두 번째를 뛰어넘어 세 번째로 갈 수도 있으며 첫 번째에서 두 번째나 세 번째 또는 둘 모두를 건너뛰고 네 번째로 가거나 두 번째가 세 번째를 건너뛰고 네 번째로 갈 수도 있다는 걸 경험으로 안다. 반대 방향으로 보면 불완전한 굴복자들은 긴 간격을 두고 그리고 항상 더 간결하게 정주자의 상태로 다시 떨어지며 또한 이들은 그중에서도 가장 덜 확고한 자가 되어 무대에서는 여전히 죽은 채로 있으면서도 다시 사다리에 오르려 할 수 있다. 하지만 가끔 멈추는 자들은 그렇다고 눈으로 찾는 걸 그만두지는 않지만 결코 다시는 쉼 없이 돌아다니지 않을 것이다. 이미 사다리 끝에서 기다리거나 틈새 집 안에서 납작 엎드려 망을 보거나 소리를 더 잘 듣기 위해 터널 속에 꼼짝 않고 있는 자들을 제외하고는 끝과 마찬가지로 상상할 수 없는 시작의 시간에 젖먹이들을 포함하여 모두가 감당할 수 있는 만큼 휴식도 중단도 없이 떠돌고 있었으며 그들은 이렇게 헤아릴 수 없는 긴 시간 동안 떠돌다가 결국 누군가 첫 번째로 움직이지 않게 되고 그다음에 두 번째 이런 식으로 계속 이어져온 것이다. 하지만 이제 작은 휴식조차 허용하지 않은 채 여전히 지칠 줄 모르고 왔다 갔다 하는 충실한 자들의 수와 가끔씩 멈추는 자들의 수 그리고 정주자들과 소위 굴복자들의 수를 헤아려야 하는 유일한 시간이 오면 다음과 같은 사실을 확인하는 것으로 충분한데 바로 이 순간 어둠 속에 밀집되어 있음에도 불구하고 서로 붙어 있는 몸들 중 첫 번째 부류가 두 번째 부류보다 두 배는 더 많으며 두 번째는 세 번째보다 세 배 더 많고 세 번째는 고작 다섯 명의 굴복자인 네 번째보다 네 배 더 많다는 것이다. 친척들과 친구들은 간단한 면식 없이도 눈에 잘 띈다. 밀집과 어둠은 식별을 어렵게 만든다. 두 걸음 떨어진 곳에 있는 남편과 아내도 그저 모두가 알고 있는 사적인 관계에 대해서만 말을 할 뿐이다. 서로를 만질 수 있을 때까지 그들이 서로 더 가까이 오는 것 그리고 멈추지 않고 시선을 교환하는 것. 그들이 서로를 알아본다면 그것은 나타나지 않는다. 그들이 무엇을 찾건 간에 그것은 아니다.

이 희미한 어둠 속에서 우선 인상적인 것은 그 조합으로 인해 유황빛까지는 아니더라도 그 어둠이 부여하는 노란색의 느낌이다. 그다음으로는 이것이 아무리 빨라도 파동이 느껴지지 않을 정도의 속도는 절대 초과하지 않지만 규칙적이고 연속적인 방식으로 진동한다는 것이다. 그리고 마지막으로는 가끔보다 한참 더 후에 아주 잠시 동안 진동이 잦아든다. 이러한 드물고 간결한 휴식들은 아무리 최소한으로 축소해도 말로 표현할 수 없는 극적인 효과를 지니고 있다. 움직이던 자들은 자주 괴상한 자세로 제자리에 못 박힌 듯 머물러 있고 굴복자들과 정주자들의 부동성은 극대화되어 그들이 평소 드러내곤 하던 부동성을 하찮은 것으로 만들어버린다. 분노 또는 절망으로 인해 내질러진 주먹들은 진행 중의 어느 지점에서 얼어붙었다가 한차례 소동이 지나가고 난 후에야 한 방 또는 여러 방으로 끝나게 된다. 기어오르던 자 사다리를 옮기던 자 되지도 않는 정사(情事)를 나누던 자 틈새 집에 납작 엎드려 있던 자 터널 속을 기어 다니던 자 모두가 각자의 구체적인 방식까지 언급할 필요는 없겠지만 놀라는 건 마찬가지이다. 하지만 10여 초가 지나고 나면 가벼운 떨림이 다시 시작됨과 동시에 모든 것은 다시 정상으로 돌아간다. 돌아다니던 자들은 다시 돌아다니기 시작하고 움직이지 않는 자들은 다시 휴식에 들어간다. 짝짓기를 하던 자들은 다시 힘을 쓰기 시작하고 주먹들은 다시 내질러진다. 마치 스위치를 끈 듯 조용해졌던 웅성거림이 다시 원통을 가득 메운다. 그 웅성거림을 이루는 모든 것들 중에서 귀는 마침내 희미한 곤충의 울음소리 같은 걸 분간해내게 되는데 이는 빛 자체의 소리이며 유일하게 변화하지 않는 것이다. 진동을 지니고 있는 양극단 사이의 편차는 기껏해야 초 두세 개 정도의 밝기밖에 되지 않는다. 노란색의 느낌을 만들었던 것에 그보다 약하긴 하지만 빨간색의 느낌이 덧붙여진다. 한마디로 희미하게 만들 뿐 아니라 흐릿하게 만들기도 하는 빛. 그렇기는 해도 눈은 결국 이 환경에 익숙해지고 적응하게 된다고 말할 수 있으며 그렇지 않다면 그 반대의 결과로 이 흔들리고 흐릿한 불그스름한 빛에 의해 그리고 신체 기관에 영향을 미치는 정신적 고뇌는 논외로 하더라도 항상 실망스럽기만 한 끝없는 노력에 의해 결국 손상되고 만 시력이 천천히 몰락하고 말 것이다. 그리고 만일 더 소멸되기 쉽도록 일부러 푸른색으로 주어진 두 눈을 꽤 오랜 시간 동안 가까이 지켜보는 게 가능하다면 눈이 항상 더 크게 떠지고 점점 더 충혈되며 눈동자는 각막 전체를 집어삼킬 정도로 점점 팽창하는 것을 볼 수 있을 것이다. 이 모든 것은 물론 워낙 느리고 거의 느끼지 못할 정도로 이루어져서 이렇게 표현할 수 있을지 모르겠지만 관계된 자들조차 그걸 알아차리지 못한다. 그리고 이 모든 자료들과 자명한 이치들을 냉철하게 연구해보려고 온 생각하는 존재에게 있어서 모든 걸 분석한 후 사실 좀 비장하고 불편한 측면을 지니고 있는 굴복자라는 말 대신 그냥 간략하게 맹인이라고 말하는 게 더 낫다는 것을 잘못됐다고 평가하기는 매우 어려울 것이다. 처음의 놀라움들이 지나가고 난 후에도 이 빛은 여전히 예외적인 점을 지니고 있는데 드러나거나 숨겨진 하나 또는 여럿의 원천을 보여주기는커녕 마치 그 안을 떠도는 공기 입자들을 포함해 공간 전체가 빛나기라도 하는 것처럼 이 빛이 사방에서 발산되고 동시에 어디에나 있는 것 같다는 사실이다. 사다리들조차 빛을 받는다기보다는 발산하는 것처럼 보이게 할 정도인데 물론 이때 빛이라는 말이 다소 부적절할 수도 있지만 말이다. 결과적으로 그림자들뿐인데 이들은 서로 꼭 밀착해 있는 어두운 몸들이 만들어내는 것이며 이 몸들은 일부러 또는 예를 들어 가슴이나 성기가 더 이상 빛에 드러나지 않도록 손으로 가려 손바닥 또한 보이지 않게 될 때처럼 필요에 의해 그렇게 밀착해 있다. 기어오르는 자 홀로 사다리 위에 또는 터널 깊은 곳에 도달해 있는 동안 예외 없이 모든 피부가 똑같이 노랗고 붉은 색으로 반짝거리며 공기가 침투함에 따라 은밀하고 구석진 곳들까지도 그렇게 된다. 온도로 말하자면 그것은 매우 떨어진 양극단 사이에 있으며 아주 느린 속도로 진동하는데 이는 최저 온도인 5도에서 최고 온도인 25도로 가는 데 4초 이하가 걸리지 않기 때문이며 다시 말해 초당 평균 5도 정도만 움직이는 것이다. 그렇다면 매초당 더도 덜도 아닌 정확히 5도의 상승 또는 하락이 있다고 말할 수 있을까? 꼭 그렇지는 않다. 왜냐하면 온도계 위와 아래의 정확한 두 순간 즉 위쪽으로 21도부터와 아래쪽으로 4도부터는 이 차이에 도달할 수 없음이 명백하기 때문이다. 따라서 육체가 온도 상승과 하강의 최대 체제에 놓이게 되는 것은 기껏해야 왕복이 지속되는 8초 중 7초 동안일 뿐이며 이는 덧셈을 사용하거나 더 나은 방법으로는 나눗셈을 사용하면 한 세기 동안 총 12년에서 13년 사이의 부분적인 휴식을 이 영역에 부여한다. 이처럼 상대적으로 느리게 진행되는 왕복운동은 빛을 진동하게 만드는 그것과 비교해볼 때 처음엔 다소 혼란스러운 면이 있다. 하지만 이러한 혼란은 분석을 통해 금방 사라졌다. 잘 생각해보면 이 차이는 속도들 사이가 아니라 이동한 공간들 사이에 있기 때문이다. 그리고 만약 온도에 요구되는 것이 양초 몇 개 정도에 해당하는 데 지나지 않는다면 그 두 효과 중 굳이 고치고 고쳐가며 선택할 필요는 없을 것이다. 하지만 이는 원통의 문제가 아닐 것이다. 모든 것은 따라서 최선으로 존재한다. 이는 두 폭풍우가 다음과 같은 점을 공통으로 지니고 있는 만큼 더욱 그러한데 마치 마술에 의한 것처럼 하나가 그치면 둘이 하나의 동일한 스위치에 의해 연결되기라도 한 듯 다른 하나 또한 마찬가지로 말라버린다는 것이다. 왜냐하면 오직 원통만이 확실한 사실들을 제공해주고 그 외부는 불확실할 뿐이기 때문이다. 그리하여 육체들은 때로 10초 정도까지 지속되는 더위나 추위 또는 그 둘의 중간을 인식하게 되는데 그때 다른 쪽에서 긴장이 크게 지속되는 한 이는 휴식으로 간주될 수 없다.

원통의 바닥은 서로 구분되는 세 구역을 지니고 있는데 그들 간의 경계는 정신적으로 명백하거나 또는 육신의 눈으로는 보이지 않는 만큼 상상적이다. 우선 폭이 1미터 정도 되는 외부 벨트가 있는데 이곳은 기어오르는 자들에게 마련된 것이지만 이상하게도 대부분의 정주자들과 굴복자들 또한 그곳에 머무른다. 그다음으로는 그보다 약간 좁은 내부 벨트가 있는데 그곳에서는 중앙에서 찾는 데 지쳐 외곽 쪽으로 몸을 돌린 자들이 일렬종대로 천천히 행진한다. 마지막은 말 그대로 활동 무대라 할 수 있는 곳인데 대략 150제곱미터 정도의 영역이며 대다수에 의해 탐색지로 선택된 곳이다. 만약 이 세 구역에 순서대로 번호를 붙인다면 탐색자들이 3번에서 2번 또는 그 반대 방향으로 마음껏 지나갈 수 있음은 분명해 보이지만 1번에 진입하기 위해서는 거기서 나올 때와 마찬가지로 일련의 원칙을 지켜야 한다. 이는 질서와 무질서 사이에서 원통 안에 조화가 유지될 수 있게 하는

1천 개의 원칙들 중 한 예이다. 그리하여 기어오르는 자들의 공간에 진입하는 것은 그들 중 하나가 자기 그룹을 떠나 활동 무대의 또는 예외적으로 중간 구역의 탐색자들과 합류할 때만 허용된다. 이 규칙이 위반되는 것은 매우 보기 드문 일이긴 하지만 유별나게 예민해진 어떤 탐색자가 틈새 집과 터널의 부름에 더 이상 저항하지 못하고 출발이 허락되지 않았는데도 기어오르는 자들 틈에 슬그머니 끼어들려고 애쓰는 경우가 생기기도 한다. 그때 그는 자기가 끼어든 가장 가까운 줄에서 필연적으로 배척당하게 되며 사태는 그걸로 종료된다. 그렇기 때문에 기어오르는 자들의 무리에 들어가고 싶은 활동 무대의 탐색자들은 중간 지대 사람들이나 탐색자-감시자들 또는 그냥 감시자들 무리에 들어가 그 기회를 엿보는 수밖에 없다. 사다리에 접근하는 것에 대해서는 이러하다. 다른 방향으로의 통행 또한 자유롭지 않은데 감시자가 기어오르는 자들 속에 일단 들어오면 대기 줄 끝에서 제일 앞까지 가기 위해서는 일정 기간 즉 개인에 따라 매우 다양한 최소한의 시간 동안 거기 있게 된다. 사람들 각자에게 기어오르거나 기어오르지 않을 자유가 부여된 만큼 자유롭게 선택한 줄을 끝까지 지켜야 하는 의무 또한 엄격하기 때문이다. 도중에 줄을 벗어나려는 모든 시도는 그 줄에 서 있는 사람들에 의해 신속히 제압당하게 되고 잘못을 저지른 자는 자기 자리로 다시 돌려보내진다. 하지만 일단 사다리 바로 앞까지 도달해서 사다리를 차지하거나 아니면 다시 바닥으로 돌아가건 간에 더 이상 기다릴 필요가 없게 되면 그는 활동 무대의 탐색자들 또는 예외적으로 두 번째 구역의 감시자들 무리 쪽으로 아무 방해도 받지 않고 가서 합류할 수 있다. 첫 번째 구역으로 건너갈 필요성으로 불타오르는 두 번째 영역의 사람들이 노리고 있는 것은 결과적으로 그토록 열렬하게 바라는 공백을 만들기에 가장 용이한 제일 앞줄에 있는 자들이다. 이러한 감시의 대상들은 사다리를 확보함으로서 자신들의 권리를 행사하는 순간이 돼서야 거기서 벗어난다. 왜냐하면 기어오르는 자는 올라가려는 확고한 의지를 갖고 줄의 선두에 다다를 수 있으며 그런 다음에는 그 의지가 조금씩 사라지고 그 자리에 떠나고 싶은 충동이 자리 잡는

걸 알 수가 있는데 자신의 앞사람이 벌써 내려오고 사다리가 마침내 잠재적으로 자신의 것이 되는 최후의 순간까지도 그 결정을 내리지 못한다. 기어오르는 자가 도달점에 이르자마자 줄을 떠나기는 하지만 반드시 구역을 벗어나지는 않을 가능성 또한 주목할 만하다. 이를 위해서 그는 자신에게 주어진 열네 개의 줄들 중 다른 아무 줄에 합류하거나 자기 줄의 제일 끄트머리에 다시 서기만 하면 된다. 하지만 일단 자기 줄을 떠난 자가 그런 다음에 구역을 떠나지 않는 경우는 애초에 드물다. 따라서 일단 기어오르는 자들의 무리에 있게 되면 최소한 선택한 줄의 제일 끝에서 제일 앞까지 전진하는 시간 동안은 거기 머물러야 하는 의무가 주어진다. 이 시간은 줄의 길이에 따라 그리고 사다리를 어느 정도 오랫동안 점유하느냐에 따라 가변적이다. 어떤 사용자들은 허용 범위 내에서 최대한 마지막까지 사다리를 소유한다. 또 어떤 사용자들에게는 그 시간의 절반 또는 일부만으로도 충분하다. 따라서 짧은 줄이라고 꼭 가장 빠른 건 아니며 열 번째로 출발한 자가 다섯 번째로 출발한 자보다 앞서 일등이 될 수도 있는데 물론 둘이 함께 출발한다고 가정한다면 말이다. 이러한 상황이라면 줄의 선택이 길이와 전혀 또는 거의 관계없이 이루어진다고 해도 놀랄 일은 아니다. 모두가 심지어 다수가 선택을 하는 것도 아니다. 그보다는 침투 지점에서 제일 가까운 줄에 합류하는 경향이 있는 듯하며 이때 조건은 그로 인해 금지된 방향으로의 이동이 일어나지 않는다는 것이다. 이 구역에 정면으로 진입하는 사람에게 있어서 가장 가까운 줄은 그의 오른쪽에 있으며 그것이 마음에 들지 않아 다른 줄을 찾으려 할 경우 그가 찾으러 가야 할 방향은 오른쪽이다. 이런 상황에서 어떤 자들은 궤도의 둘레를 추월하는 게 금지되어 있지만 않다면 이렇게 수천 도(度)를 돌아다니다가 결국 멈추고 기다리게 될 것이다. 그것을 위반하려는 모든 시도는 완주 점에서 제일 가까운 줄에 의해 제압당하게 되고 잘못을 저지른 자는 그 줄에 의무적으로 합류해야 하는데 그에게는 뒤쪽으로 돌아갈 권리 또한 없기 때문이다. 궤도를 한 바퀴 도는 게 허용되어야 한다는 것은 원통 안에서 규율을 완화하려는 관용의 정신을 잘 말해주고 있다. 하지만 선택한 줄이건 처음으로 마주친 줄이건 간에 기어오르는 자들의 무리로부터 벗어날 수 있으려면 끝까지 그 줄을 고수해야 한다는 의무는 똑같이 적용된다. 따라서 떠날 수 있는 첫 번째 기회는 항상 줄의 제일 앞에 도달하는 것과 선행자가 지면으로 돌아오는 것 사이에 있다. 이러한 사고의 맥락에서 이제 줄을 끝까지 다 섰다가 떠날 수 있는 첫 번째 기회를 그냥 흘려보내고 사다리에 대한 자신의 의무를 이행한 자가 땅에 돌아왔을 때의 상황을 규명하는 일이 남아 있다. 이때 그는 어떠한 의무도 없이 어떠한 다른 절차를 겪을 필요도 없이 다시 자유롭게 떠날 수 있으며 기어오르는 자들의 무리에 남으려면 그가 방금 한 것과 같은 조건들 속에서 다시 줄을 서기만 하면 되고 제일 앞자리에 도달하자마자 떠날 수 있는 가능성이 다시 또 주어진다. 그리고 이런저런 이유들로 인해 그가 줄과 사다리를 바꾸는 게 더 낫겠다고 판단한다면 자신의 선택을 굳히기 위해 그는 신참과 같은 자격으로 코스를 완주할 권리를 지니게 되며 이미 끝까지 줄을 서봤다는 점을 제외한 같은 상황 속에서 그는 이 새로운 순환의 어느 순간에도 구역을 자유롭게 떠날 수 있다. 그리고 이런 식으로 끝없이 이어진다. 이런 논리로 추론해보면 이미 기어오르는 자들의 무리에 있는 사람들이 영원히 거기 머무르게 될 가능성 그리고 아직 그 무리에 있지 않은 자들이 결코 거기에 진입하지 못하게 될 가능성이 생겨난다. 이러한 부당함을 경고하는 것을 목적으로 하는 어떠한 규칙도 존재하지 않는다는 사실은 그 부당함이 계속될 위험은 없다는 것을 명백하게 보여준다. 실제로 그러하다. 찾고자 하는 열정은 사방을 반드시 다 찾게 만드는 그런 것이기 때문이다. 그렇다고는 해도 출발의 기회를 노리는 감시자에게 있어 기다림은 끝이 없어 보일 수도 있다. 때로 더 이상 견디는 게 힘들어지고 또 긴 공백으로 인해 단련이 되면 그는 사다리를 포기하고 활동 무대로 돌아가 탐색을 한다. 지면이 크게 어떻게 나뉘어졌는지에 대해서는 그리고 한쪽에서 다른 쪽으로 이동할 때 그들의 권리와 의무들이 어떠한지에 대해서는 대략 이러하다. 모든 것이 말해지지는 않았으며 결코 그럴 수도 없을 것이다. 기어오르는 자들의 무리 중 누군가 먼저 떠나는 걸 이용하고자 하는 감시자들의 수는 항상 많으며 그들이 현장에 도착하는 순서는 그들은 만들 수 없는 줄에 의해서도 다른 어떤 것에 의해서도 결정될 수 없다면 그들은 어떤 우선권의 원칙을 따르는 것일까? 중간 구역의 포화 상태는 두려워하지 않아도 되는 것일까 그렇다면 모든 사람들에게 있어서 특히 그렇게 사다리로부터 단절된 활동 무대의 사람들에게 있어서 그 결과는 어떤 것들일까? 원통은 얼마 지나지 않아 분노와 폭력의 법칙만이 지배하는 무질서에 빠지게 될 운명이 아닐까? 이러한 질문들 그리고 또 다른 질문들에 대해 확실하고 쉬운 대답들을 줄 수도 있지만 용기를 내야만 한다. 사다리를 시도하는 것만으로도 정주자들의 부동성을 깰 수도 있기 때문에 그들의 경우는 전혀 특별할 것이 없다. 굴복자들이 여기서 고려의 대상이 되지 않음은 명백하다.

이러한 기후가 영혼에 미치는 영향을 과소평가해서는 안 된다. 하지만 그로 인해 더 고통을 받는 건 영혼보다는 땀부터 소름에 이르는 모든 방어기제들이 매 순간 시달리게 되는 피부이다. 피부는 힘겹긴 해도 눈에 비하면 그럭저럭 저항을 하는 편인데 아무리 의지가 강하다 해도 눈이 애쓴 끝에 사실상 실명에 이르는 것을 막기는 어렵다. 눈꺼풀과 눈물을 언급하지 않더라도 그 자신 또한 나름대로 피부이지만 눈의 적(敵)은 하나뿐이 아니기 때문이다. 덮개가 말라 회색이 되어버리면서 원래의 맨눈이 가진 매력은 많은 부분 사라져버리고 살과 살이 부딪치는 그 흥미로움은 쐐기풀이 서걱거리는 소리로 변하게 된다. 점막들 자체도 영향을 받게 되는데 이는 그로 인해 사랑의 행위에서 장애가 될 뿐 큰 문제는 아닐 것이다. 하지만 이러한 관점에서 볼 때조차도 원통 안에서 성적으로 흥분하는 경우는 드문 만큼 크게 문제될 것은 없다. 그렇기는 해도 가장 가까운 튜브 안으로 그럭저럭 만족스러운 삽입이 이루어지면 흥분이 생겨나기는 한다. 때로는 개연성의 법칙에 입각해 부부들이 자신들도 모르는 사이에 이런 식으로 만나지기도 한다. 가장 능숙한 연인들이나 집 안에서 할 수 있을 것을 훨씬 뛰어넘을 정도로 이러한 광분이

고통스럽게 그리고 희망 없이 지속되는 것은 그래서 흥미로운 광경이다. 이는 모든 남자와 모든 여자들이 그런 기회가 얼마나 드문지 그리고 다시 일어날 가능성이 얼마나 희박한지 너무나 잘 알고 있기 때문이다. 하지만 또한 때로 외설에 가까운 태도들 안에서 진동이 멈추고 이러한 위기가 오래 지속되는 한 중단 그리고 죽음과 같은 부동성이 존재한다. 이전까지는 거의 보이지도 않다가 잡아먹을 듯 탐닉하던 모든 눈들이 이 순간에 갑자기 굳어져 허공을 향하거나 늘 그랬듯이 다른 눈들을 혐오스럽게 쳐다보는 것 그리고 그들이 서로에게서 도망치려는 듯한 시선 속으로 깊숙이 빠져드는 것은 더욱 흥미로운 광경이다. 이와 같은 기억이 없는 자들에게는 너무나 긴 이러한 불규칙한 간격의 단절들 중에서 각각의 단절은 첫 번째가 된다. 그렇기 때문에 매번 마치 세상이 끝나는 것처럼 늘 똑같은 격렬한 반응과 두 번의 폭풍우가 다시 시작되었을 때 늘 똑같은 잠시 동안의 놀라움을 보이는 것이며 그들은 안도하지도 않고 실망조차도 하지 않은 채 다시 찾기 시작하는 것이다.

지면에서 보면 벽은 모든 둘레와 모든 높이에서 절단되지 않은 표면을 보여주고 있다. 하지만 중간 위쪽은 틈새 집들로 가득 채워져 있다. 이러한 역설은 빛의 성질을 통해 설명되는데 이 빛은 흐릿함은 논외로 하고라도 어디에나 있음으로써 빈 곳들을 감추고 있다. 아래쪽에서 틈새 집을 찾는 경우는 결코 발견된 적이 없다. 눈을 드는 경우는 드물다. 그럴 경우 시선은 천장을 향한다. 지면과 벽은 지표로 사용될 수 있는 모든 흔적으로부터 깨끗하다. 사다리들이 항상 같은 곳에 세워져 있기에 발은 흔적을 남기지 않는다. 벽을 머리와 주먹으로 치는 것 또한 마찬가지이다. 흔적이 있더라도 아마 빛이 보이지 않도록 했을 것이다. 기어오르는 자가 사다리를 다른 곳에 세우려고 가져갈 때 그는 감으로 장소를 어림잡는다. 그가 몇 센티미터 이상 틀리는 경우는 드물다. 틈새 집들의 배치로 인해 가장 크게 착오가 나봐야 고작 1미터 정도이다. 그가 열정으로 인해 얼마나 민첩해졌냐 하면 이러한 오차가 있더라도 그는 자신이 선택한 것은 아닐지라도 어떤 틈새 집을 얻을 수 있으며 또 좀 더 어렵긴 해도 그곳에서 내려오기 위한 사다리를 다시 얻을 수 있을 정도이다. 말하자면 어떤 굴복한 남자의 그보다는 어떤 굴복한 여자의 또 그보다는 특정한 굴복한 여자의 형태로 북쪽이 존재한다는 것이다. 그녀는 벽에 기대어 다리를 세우고 앉아 있다. 머리를 무릎 사이에 넣고 두 팔로 두 다리를 감고 있다. 왼손으로는 넓적다리뼈를 오른손으로는 왼쪽 팔뚝을 잡고 있다. 빛으로 색이 바랜 붉은 머리가 바닥에 닿는다. 머리카락이 그녀의 얼굴과 다리 사이를 포함한 앞모습 전체를 가리고 있다. 왼발은 오른발 위로 겹쳐져 있다. 그녀가 북쪽이다. 그녀의 우월한 부동성으로 인해 다른 어떤 굴복자도 아닌 그녀가 그렇다. 자기 위치를 측정하고자 하는 예외적 인간에게 그녀는 도움을 줄 수 있다. 피할 수 있다면 굳이 곡예를 하지 않으려 하는 기어오르는 자에게 이러한 틈새 집은 한참 떨어진 곳에 또는 굴복한 여자로부터 동쪽이나 서쪽으로 몇 미터 떨어진 곳에 있을 수 있는데 물론 생각 속에서라도 그녀를 그런 식으로 또 다른 어떤 식으로도 이름 붙이지는 않는다. 오직 굴복자들만이 자신의 얼굴을 감춤은 두말할 나위도 없다. 그들 모두가 그렇게 하는 것은 아니다. 서 있거나 앉은 채로 고개를 꼿꼿이 세우고 그저 더 이상 눈을 뜨지 않는 것으로만 만족하는 자들도 더러 있다. 탐색자에게 얼굴이나 다른 어떤 신체 부위라도 거부하는 것은 물론 금지되어 있는데 이는 탐색자의 요구에 의한 것이며 그는 저항을 두려워하지 않고 몸을 가리고 있는 손을 떼어내고 또 눈을 조사하기 위해 눈꺼풀을 들어 올릴 수 있다. 기어오를 의도는 없이 오직 이런저런 굴복자나 정주자를 더 가까이에서 조사할 목적으로 기어오르는 자들의 무리에 들어가는 탐색자들도 있다. 이런 식으로 해서 굴복한 여자의 머리카락은 수도 없이 파헤쳐졌으며 머리 또한 들어 올려져 얼굴과 다리 사이를 포함한 앞모습 전체를 드러내게 되었던 것이다. 조사가 끝나고 나면 최대한 조심스럽게 모든 것을 다시 제자리에 돌려놓는 게 관례이다. 이는 그로 인해 타인을 불쾌하게 만들 일을 하지 말라는 어떤 도덕에 따른 것이다. 이런 가르침은 그로 인해 탐색이 지장을 받지 않는 한 원통 안에서 대체로 존중되는 편이다. 의심이 생길 경우 몇 가지 세부 사항들을 통제할 가능성이 없다면 이 가르침은 그저 조롱거리에 그칠 것이다. 그것들을 명백히 하기 위한 직접적인 개입은 거의 굴복자들과 정주자들에 대해서만 이루어진다. 벽을 등지고 있건 마주 보고 있건 간에 이들은 사실 한쪽 측면만을 보여주고 있으며 그 결과 몸을 돌려야 할 상황에 직면해 있다. 하지만 활동 무대나 감시자들 무리 안에서와 같은 움직임이 있을 경우 그리고 대상을 둘러쌀 가능성이 있을 경우 그러한 조작을 할 필요는 거의 없다. 물론 어떤 누군가가 특별한 어떤 구역을 더 가까이 조사하기 위해 또는 예를 들어 흉터나 욕망을 찾아보기 위해 다른 사람을 움직이지 못하게 만든 다음 그를 마음대로 다뤄야 하는 경우가 생기기도 한다. 사다리를 타기 위해 줄을 선 사람들은 이 관계에서 면제된다는 점은 주목할 만하다. 공간이 부족해 긴 기간 동안 서로 꼭 붙어 있어야만 하는 그들은 그저 뒤섞인 육체의 단편들만을 관찰자의 시선에 내보일 뿐이다. 열정에 휩쓸려 그들 중 가장 작은 자에게 감히 손을 대려 하는 경솔한 자에게 불행이 있을지니. 줄 전체가 마치 하나의 몸처럼 그에게 달려든다. 이 장면의 폭력성은 원통이 보여줄 수 있는 이런 종류의 모든 모습들을 뛰어넘는다.

마지막 남은 자가 홀로 간헐적으로나마 이렇게 표현할 수 있을지 모르지만 상상할 수 없는 끝을 향해 여전히 찾아다닐 때까지 이런 식으로 끝없이 계속된다. 영원한 포기 속에 고정된 채 서 있거나 앉아 있는 다른 육체들로부터 첫눈에 그를 구별할 수 있게 해주는 건 아무것도 없다. 누워 있음은 원통 안에서 생소한 일이며 굴복자들의 이 편안한 자세는 여기서는 그들에게 영원히 허용되지 않는다. 이러한 박탈은 지면에 자리가 거의 없다는 사실로 인해 일부 설명될 수 있는데 즉 각자에게 허용된 것이 고작 1제곱미터뿐이며 거기에는 오직 틈새 집과 터널들의 탐색지만이 추가된다. 몸이 닿음을 끔찍하게 싫어하면서도 끝없이 서로 몸을 스쳐야만 하는 이 메마른 자들의 탈진 상태 또한 그 자연적인 종말까지는 절대 가지 않는다. 하지만 이중의 진동이 지속된다는 사실로 미루어볼 때 이 오래된 거주지 안에서 모든 게 아직은 완전히 최선으로 존재하지는 않는다고 생각해볼 수 있다. 그리고 결국 남자일 수도 있는 이 마지막 인간이 천천히 몸을 일으켜 어느 정도 시간이 지난 후 타버린 눈을 다시 뜬다. 불균형하게 벽에 세워진 사다리들의 끝에는 더 이상 기어오르는 자가 기다리지 않는다. 천장의 어두운 빛 속에서 하늘은 여전히 자신의 전설을 간직하고 있다. 제3구역의 늙은 굴복자 주위에는 그와 마찬가지로 몸을 바닥을 향해 깊숙이 구부리고 움직이지 않는 자들만 있을 뿐이다. 젊은 백발 여인을 여전히 꼭 껴안고 있는 어린아이는 이제 그녀의 몸과 구분이 되지 않는다. 앞에서 보면 최대한으로 구부러진 붉은 머리가 목덜미 일부를 드러낸다. 이때 남자일 수도 있는 그가 다시 눈을 뜨고 어느 정도 시간이 지난 후 그토록 자주 어떤 지표처럼 여겨져온 그 첫 번째 굴복한 여자에게 가는 길을 낸다. 그는 무릎을 굽히고 무거운 머리카락을 헤쳐 아무 저항도 하지 않는 머리를 들어 올린다. 일단 그렇게 얼굴이 드러난 다음 마침내 엄지손가락의 도움으로 두 눈이 스스럼없이 떠진다.
이 황량한 고요 속에서 그는 그 눈들이 먼저 다시 감길 때까지 그리고 무력한 머리가 자신의 오래된 자리로 다시 돌아갈 때까지 이리저리 둘러본다. 측정할 수 없는 어느 시간이 지난 후에는 그 또한 마침내 자기 자리를 찾고 어둠이 내림과 동시에 온도 또한 0도에 근접하게 고정되는 데 맞춰 자세를 취한다. 앞서 언급했던 벌레들 우는 소리가 일순간 멎고 그로부터 이 희미한 숨소리들이 모두 모인 것보다 더 강렬한 침묵이 갑자기 찾아온다. 원통의 마지막 상황과 탐색자들의 이 작은 무리 그리고 만일 남자라면 그중 한 남자가 상상할 수 없는 과거 속에 있다가 이렇게 표현할 수 있을지는 모르겠지만 마침내 처음으로 고개를 숙이는 것에 대해 대략 말하자면 이러하다.

(1968–70년)

1. 이 책 「해설」 89면 내용 참조.

다시 끝내기 위하여 그리고 다른 실패작들

다시 끝내기 위하여

다시 끝내기 위하여 닫힌 장소 어둠 속에 이마를 판자에 얹은
두개골 하나부터 시작하기. 시작은 그렇게 오랫동안 장소가
사라지고 한참 후에 판자가 뒤따라 사라질 때까지. 그러니까
두개골이 홀로 끝내기 위하여 어둠 속에 목도 이목구비도 없는 빈
곳 어둠 속 오직 마지막 장소인 상자 빈 곳. 예전에는 어둠 속에
어떤 흔적이 가끔씩 빛나기도 했던 흔적들의 장소. 낮에 절대
빛이 없었던 날들의 흔적 그날들의 창백한 빛만큼이나 희미한.
그래서 마지막 장소인 두개골은 사라지는 대신 이렇게 다시
끝내기 위하여 다시 스스로를 드러내기 시작한다. 마침내 납처럼
무거운 날이 갑자기 또는 조금씩 그리고 마술처럼 밝아오고
유지된다. 결국 회색이 될 때까지 늘 덜 어둡게 또는 갑자기
스위치가 켜진 듯 구름 없는 같은 회색 하늘 아래 끝없이 펼쳐진
회색 모래. 마지막 장소 검은 두개골 갑자기 또는 조금씩 그 납
같은 날이 밝자마자 굳어버릴 때까지 안팎으로 텅 빈. 구름 없는
회색 하늘 끝없이 펼쳐진 회색 모래 처음부터 오랫동안 황량한.
먼지처럼 고운 모래 아 하지만 이미 여기저기서 그리했듯 가장
오만한 기념물들을 삼켜버릴 만큼 진정 깊은 먼지. 마침내 그곳
다른 누구의 눈에도 보이지 않는 같은 회색 자신의 잔해들 가운데
빳빳하게 서 있는 추방된 자. 머리부터 복사뼈보다 더 위까지
파묻힌 다리까지 온통 회색인 작은 몸 오직 밝은 눈만이 살아
있는. 팔은 여전히 몸통에 붙어 있고 달아나기 위해 나란히 있는
두 다리. 구름 없는 회색 하늘 잔물결 없는 먼지의 바다가 만드는
아득한 가짜 원경(遠景) 숨결 하나 없는 지옥의 대기. 먼지와
뒤섞여 매몰되어가는 도피처의 잔해들 그중 대다수가 이미 더
이상 거의 드러나지 않고. 마침내 최초의 변화 한 부분이 떨어져
나와 넘어진다. 이것의 느린 추락은 너무나 치밀해서 마치 코르크
마개가 물속으로 떨어지는 듯하고 거의 가라앉지도 않는다. 결국
마지막 장소인 두개골은 사라지는 대신 이렇게 다시 스스로를
드러내기 시작할 것이다. 끝없이 먼 곳 구름 없는 회색 하늘

신을 위한 시간도 그의 적들을 위한 시간도 갖지 않은 회색 대기. 다시 그곳 마침내 끝없이 먼 곳으로부터 예상치 못하게 회색을 가르며 나타난 하얀 두 난쟁이들. 처음엔 그리고 오랫동안 멀리 회색 대기 속에 드러난 하얀 빛에 불과했던 그들은 회색 대기 위로 역시 하얗게 보이는 들것에 연결되어 회색 먼지 속을 한 걸음씩 힘겹게 움직인다. 들것이 천천히 먼지를 걷어내면서 굽은 등과 다리에 비해 긴 팔들 그리고 파묻힌 발이 드러난다. 마치 한 몸처럼 하얗게 되어 똑같이 고립된 그들은 눈으로 구별할 수 없을 만큼 서로 닮아 있다. 그들은 마주 보며 움직이고 번갈아가며 뒤로 물러나 길을 인도할 수 있도록 자주 교대한다. 누군지 알 수는 없지만 후미에 서는 자는 마치 소형 보트의 키잡이처럼 가볍게 두드리며 어느 정도 길을 조정하는 역할을 하게 된다. 한 명이 북쪽이나 다른 방향으로 돌아가면 다른 하나는 그만큼 정반대를 향하도록. 하나가 멈추면 다른 하나는 이를 축으로 해서 들것을 180도 움직이게 하고 이렇게 해서 역할이 바뀌도록. 위쪽에서 보여진 시트 뼈대와 앞뒤의 막대들 그리고 난쟁이들의 거대한 두개골 꼭대기까지 온통 하얀 빛. 이따금씩 마치 한 사람처럼 움직이며 그들은 들것을 놓았다가 몸을 굽힐 필요조차 없이 그대로 그것을 다시 집어 든다. 침대보다 세 배[1]는 더 긴 막대들이 달린 이 하찮은 기억의 더러운 들것. 번갈아가며 시트를 때로는 앞으로 때로는 뒤로 부풀게 하며 베개 하나가 머리의 자리를 표시해준다. 팔의 끄트머리에서 네 개의 손들이 마치 하나처럼 펼쳐지면 이미 먼지와 아주 가까이 있는 들것은 소리 없이 내려앉는다. 두개골과 다리를 포함해서 거대한 수족들 자그마한 몸통과 거대한 팔들과 자그마한 얼굴들. 마침내 마치 하나인 듯한 발들이 왼쪽은 앞으로 오른쪽은 뒤로 빠져나오고 이렇게 느린 걸음이 다시 시작된다. 구름 없는 회색 하늘 아래 아득하게 펼쳐진 회색 먼지 그리고 거기서 갑자기 또는 조금씩 오직 먼지로 인해 이 하얀 빛을 가늠하는 게 가능해진다. 이제 남은 건 자신의 폐허들 가운데 있는 마지막 추방된 자가 그것을 볼 수 있는지 혹시라도 그가 그것을 볼 수 있게 될지 만일 그렇다면 그걸 믿을지를 상상해보는 일이다. 높은 곳에서 내려다볼 때 그와 먼지 사이의

공간은 줄어들지 않을 것이고 다만 지나가야 할 마지막 사막을
드러나게 해준다. 작은 몸 자신의 폐허들 가운데 뻣뻣하게 서
있는 마지막 상태 침묵과 냉혹한 부동성. 마침내 최초의 변화 한
부분이 어머니 폐허로부터 떨어져 나와 느린 추락으로 먼지를
간신히 파고든다. 이미 너무나 많은 걸 집어삼켜 더 이상 삼키지
않는 먼지 아직도 모습을 드러내려는 소수에게는 안타까운 일.
어쩌면 예전에 보아 뱀에게서 보듯 단순히 소화시키는 동안의
무감각 상태 그 기간이 끝나면 마지막 한 입까지 깨끗이 정리하게
될. 난쟁이들 알 수 없는 먼 곳으로부터 와 오직 먼지만이 가능한
회색 대기 속에서 움직이지 않는 흰색. 까마득한 예전부터의 운반
그리고 은둔 그들은 한 몸처럼 이리저리 앞으로 갔다 뒤로 갔다
하고 멈췄다가 다시 출발한다. 걷기와 직면한 자는 가끔 멈추고
마치 허공을 탐색하려는 듯 그리고 혹시라도 방향을 바꾸려는
듯 고개를 최대한 들어 올린다. 그리고 다시 출발하는데 어찌나
부드러운지 고개를 숙이고 눈을 감은 채 정처 없이 떠난 후에야
비로소 이를 볼 수가 있다. 점점 더 가까워지는 수평면을 향해
아무리 오래도록 눈을 들어 올리고 있어봐도 보이는 건 그저
생기 없는 두 개의 타원형일 뿐이다. 정면이 앞으로 튀어나온
거대한 궁륭의 꼭대기가 회색 하늘을 향해 주거 본능 또는 집에
대한 사랑으로 둔덕을 하얗게 돌출시킨다. 마침내 마지막 변화로
추방된 자가 등을 보이며 쓰러지고 자신의 폐허들 가운데 뻗은
채 있는다. 발을 중심으로 몸의 반경 안으로 4분원의 공간이
마치 동상이 점점 더 빨리 쓰러지듯 단번에 쓰러진다. 시체
약탈자들에 의해 황량해진 하늘 아래 먼지와 뒤섞인 폐허들과
이제 뒤섞여버린 그것을 영리한 눈은 간파할 수 있다. 들리지
않기는 해도 아직 그를 떠나지 않은 숨결이 새어 나오며 아주
조금의 먼지를 흔들리게 한다. 아직은 인형의 그것과는 다른
청금색의 눈구멍들 추락은 먼지를 덮지도 침범하지도 못했다.
먼지와 하늘이 뒤섞이는 저 멀리의 하얀 빛 앞에서 그가 결코
그것들을 믿지 않았었다는 건 이제 더 이상 문제가 되지 않는다.
땅 위도 하늘도 하얗지 않고 기력이 다한 듯한 난쟁이들 냉혹한
흰 몸들 옆에 놓인 들것. 폐허들 침묵 그리고 냉혹한 부동성 굳은

자세로 버티다 탈진해버린 작은 몸 크게 뜬 눈구멍들 속의 연한 푸른색. 마치 똑바로 서 있었던 시절처럼 팔들이 몸통에 붙어 있고 달아나기 위해 나란히 놓인 두 다리. 마치 뒤에서 어떤 다정한 손이 민 것처럼 또는 대기는 미동이 없지만 바람이 민 것처럼 그의 작고 긴 정면이 한꺼번에 앞으로 넘어진다. 또는 오래도록 서 있었던 끝에 하찮은 삶이 밀어낸 것처럼 넘어져라 두려워 말고 넘어져라 넌 다시 일어날 수 없을 거야. 죽음 같은 두개골 모든 것들이 그렇게 영원히 거기에 고정될 것인가 들것 난쟁이들 폐허들 그리고 작은 몸 구름 없는 회색 하늘 더 이상 어쩔 수 없는 먼지 끝도 없이 아득히 먼 곳들 지옥 같은 대기. 그리고 모든 발걸음들이 그 무엇에 다가가지도 그 무엇에서 멀어지지도 않은 채 여기도 저기도 없는 공간을 통과하는 꿈. 그렇지 않다 왜냐하면 다시 끝내기 위하여 조금씩 또는 스위치가 달린 것처럼 어둠이 거기 찾아오기 때문이다 오직 확실한 재만이 가능한 이 확실한 어둠. 그것으로 인해 구름 없이 똑같이 어두운 하늘 아래 다시 끝이 날지도 모를 일 그것 마지막 끝의 땅과 하늘 만일 어떤 끝이 있어야 한다면 절대적으로 그래야만 한다면.

(1975년)

다른 실패작들

I

그는 모자도 안 쓰고, 맨발에다, 러닝셔츠와 몸에 꼭 붙는 너무 짧은 바지 차림이라고, 그의 손들이 그에게 그렇게 말했고, 다시 말했으며, 그의 두 발은 서로를 어루만지고 장딴지와 넓적다리를 따라 다리에 비벼댄다. 그의 기억들 중 어떤 것도 아직 이런 죄수복 같은 차림과 어울리지 않지만, 이 분야에서는 모든 것이 무겁고, 풍성하고, 두껍다. 그를 힘들게 하는 큰 머리는 이제 그저 웃음거리에 불과할 뿐이고, 그는 가고, 다시 올 것이다. 언젠가 그는 스스로를 보게 될 것이다, 바로 정면에서, 가슴에서 다리까지, 그리고 팔, 마침내 손, 오래도록, 손등과 손바닥, 처음엔 팔 끝에서 뻣뻣한, 그러고는 아주 가까이에서, 자기 눈 밑에서 떨고 있는. 자신이 걷고 있음을 알게 된 이후 처음으로, 그는 멈춘다, 한 발을 다른 발 앞으로, 높은 쪽을 평평하게, 낮은 쪽은 발가락 끝으로, 그리고 결정이 내려지길 기다린다. 그런 다음에 다시 떠난다. 어둠에도 불구하고, 그는 더듬거리지 않고, 팔을 뻗지도 않고, 손을 크게 벌리지도 않고, 발들을 내려놓기 전에 자제하지도 않는다. 그 결과 그는 자주, 그러니까 방향을 전환할 때마다, 길을 옥죄고 있는 벽들에 부딪친다, 왼쪽으로 돌 땐 오른쪽 벽에, 오른쪽으로 돌 땐 왼쪽 벽에, 어떨 때는 발이, 어떨 때는 정수리가, 왜냐하면 경사 때문에 그가 몸을 구부리고 있기 때문이며, 또 그는 항상, 등을 둥글게 하고, 머리를 앞으로 하고 눈은 내리깔며, 몸을 구부리고 있기 때문이다. 그는 피를 흘리지만, 적은 양이고, 작은 상처들은 아물 시간이 있긴 하지만 다시 벌어지고, 그는 아주 천천히 간다. 군데군데 벽들이 거의 서로 닿아 있는 곳들이 있고, 그러면 그의 어깨가 이를 감당하게 된다. 하지만 멈추는 대신, 여기가 산책의 끝이다, 이제 다른 종착점으로 가서 다시 시작해야 한다, 라고 스스로 말하며 길을 되돌아오는 대신, 그러는 대신 그는 좁은 곳 안으로 옆구리를 밀어 넣고 그렇게 해서 조금씩, 가슴과 등에 큰 고통을 느끼며, 그곳을 통과하게 된다. 그의 두 눈이, 어둠 속에 노출된 덕에, 그 어둠을 꿰뚫기 시작한 걸까? 그렇지 않다, 게다가 이것이, 그가 점점 더, 점점 더 자주, 점점 더 천천히 눈을 감는 이유들 중 하나이다. 왜냐하면 모든 불필요한 수고들, 예를 들어 자기 앞을, 또 자기 주위를, 매시간, 매일, 결코 아무것도 보지 못하면서 보려고 하는 것과 같은 그런 일을 하지 않으려는 생각이 그의 안에서 점점 더 커지기 때문이다. 그의 잘못들에 대해 말할 때는 아니지만, 그가 어둠을 꿰뚫으려는 노력들을 계속 이어가지 않은 건 아마도 잘못이었을 것이다. 왜냐하면 그는 어느 정도는 결국 성공할 수도 있었을 것이고, 그러면 한 줄기의 빛이 더 즐거울 수도, 즉시 더 즐겁게 만들어줄 수도 있었을 것이다. 그러면 어느 순간 모든 것들이, 처음에는 아주 조금씩, 그다음엔, 말하자면 점점 더, 모든 것들, 길, 땅, 벽들, 둥근 천장, 자기 자신, 모든 것들이 그가 모르는 사이에 빛 속에 잠길 때까지, 모든 것들이 밝혀질 수 있을 것이다. 아득한 전망 속에서, 별이 뜬 또는 어느 정도 햇빛이 있는 하늘의 어딘가에 달이 나타날 수도 있을 것이고, 그래도 그는 그걸 즐길 수도 걸음을 재촉할 수도, 아니면 반대로 아직 시간이 있을 때 방향을 돌려 길을 거슬러 갈 수도 없다. 어쨌든 지금으로선 괜찮고, 그게 중요하다. 머피[2]는 훌륭한 다리를 갖고 있었다. 머리는 아직 좀 약하고, 회복하려면 오래 걸리는 부분이다. 그것은 약한 채로 계속 머물 수도 있고, 심지어 더 약해질 수도 있지만, 그리 중요한 일은 아니다. 어쨌든 지금으로서는 미친 것 같지는 않으니, 그게 중요하다. 단출하지만 살 균형 잡힌 심. 심상? 괜찮다. 다시 출발한다. 나머지? 괜찮다. 그가 알아서 할 것이다. 하지만 이제, 예를 들어 오른쪽으로 돈 다음 좀 더 가서 왼쪽으로 도는 대신, 그는 다시 오른쪽으로 방향을 바꾼다. 그리고 또 좀 더 가서는, 왼쪽으로 도는 대신, 그는 결국 또 한 번 오른쪽으로 돈다. 그리고 이런 식으로 계속되다가, 다시 한 번 오른쪽으로 도는 대신, 마치 기다렸다는 듯이, 그는 왼쪽으로 돈다. 그리고 얼마 동안은, 그를 번갈아가며 오른쪽과 왼쪽으로 기울게 하는 그의 갈지자 행보가 나름대로 정상적으로 이어지는데, 말하자면 그를 거의 직선으로 나아가게는 하지만, 그 축은 출발했을 때의 그것이 아니라, 그가 출발했다는 걸 갑자기 깨닫게 됐을 때의 축, 어쩌면 결국 늘 마찬가지인 그런 것이다. 왜냐하면 왼쪽보다 오른쪽이 그를 이끄는 기간이 오래 이어진다면, 오른쪽보다 왼쪽이 그를 이끄는 다른 시간들도 있기 때문이다. 그가 계속 올라가고 있는 순간에는, 별로 중요하지 않다. 그런데 이제 좀 더 먼 곳에서 그가 비탈을 내려가기 시작하는데 경사가 너무 가팔라서 넘어지지 않으려면 그는 뒤로 펄쩍 물러서야만 한다. 도대체 그건, 삶은, 어디서 그를 기다리고 있는 걸까, 그가 출발한 곳, 아니 그가 출발했다는 걸 갑자기 깨닫게 된 곳에 비해, 위 아니면 아래? 길고 완만한 오르막들과 곤두박질치는 것 같은 짧은 내리막들은, 결국 서로를 무력화시키게 될까? 그가 제대로 길을 가는 순간에는 결국 별로 중요하지 않고, 사실 제대로 가고 있다, 다른 길들도 없으니까, 그가 자기도 모르는 사이에 다른 길들을, 차례로 하나씩, 지나쳐온 것이 아니라면. 벽들과 땅은, 돌로 되어 있지 않더라도, 만져보면 그만큼 단단하고, 축축하다. 어떤 날들에, 그는 그 벽들을 핥아보려고 멈추기도 한다. 목신(牧神)은, 어딘가에 있다면, 조용하다. 앞으로 나아가는 몸의 소리들을 제외한 유일한 소리들은, 떨어지는 소리들이다. 아주 높은 곳에서 떨어져 부서져버리는 큰 물방울, 갑자기 자기 자리를 떠나 황급히 밑으로 향하는 단단한 덩어리, 천천히 허물어지는 좀 더 가벼운 물질들. 그러면 메아리가 울려 퍼지고, 처음엔 그 소리가 그를 깨울 정도로 크게, 그리고 때로는 스무 번이나 반복되는데, 매번 조금씩 더 약하게, 아니, 몇 번은 이전보다 더 크게 울리다, 가라앉는다. 그러고는 다시 침묵, 앞으로 나아가는 몸의, 희미하고 복잡한 소리에 의해서만 깨지는. 하지만 이런 떨어지는 소리들은 거의 드물게 들리고, 대개는 침묵이 지배하는데, 앞으로 나아가는 몸의 소리들에 의해서만 깨지는, 젖은 땅을 밟는 맨발의 소리, 다소 답답한 숨소리, 벽에 부딪치는 소리, 좁은 곳들을 지나가는 소리, 러닝셔츠와 바지 같은 옷들의 소리, 몸의 움직임에 내맡겼다가 저항하는, 축축한 피부에서 떨어졌다가 다시 붙는, 갑작스럽게 몰아쳤다 다시 고요해지는 소용돌이로 인해 이미 조각난 장소들에 찢기고 흔들리는 소리, 그리고 마침내 힘들이지 않고 닿을 수 있는 몸의 여기저기를 이따금씩 왔다 갔다 하는 손들의 소리. 그는 아직 넘어지지 않았다. 공기는 아주 나쁘다. 가끔 그는 멈춰서 두 발을 붙이고 벽에 기댄다. 그는 자신이 여전히 이끌려 가고 있는 이 길에 대한 기억들을 몇 가지 갖고 있다, 여기 있음을 갑자기 깨닫게 된 날의 기억부터, 벽에 기대기 위해 멈춰 선 이 마지막 날의 기억에 이르기까지, 그는 이미 거의 습관과도 같은 자신의 짧은 과거를 가지고 있다. 하지만 이 모든 것들은 아직 불확실하다. 그리고 그는 자주, 걷다가 그리고 쉬다가, 특히 걷다가, 왜냐하면 그는 거의 쉬지 않으니까, 그의 시작인 이 같은 길에 대해, 엄청난 기억의 날들에 대해, 첫날만큼이나 이야깃거리가 없다는 데 놀란다. 하지만 이제 대개의 경우, 첫 놀라움이 지나가고 나면, 그에게 기억이 돌아오고, 그가 원한다면, 저 먼 뒤편으로 그를 다시 이끈다, 그 너머에 아무것도 없는 순간으로, 그가 이미 늙어 있었을 때로, 그러니까 죽음 가까이로, 그리고, 자신의 지난 삶을 기억할 수 없는 채로, 다른 중요한 것들 중에서 늙음과 죽음이 무엇인지 알고 있었던 때로. 하지만 이 모든 것들은 아직 불확실하고 늙은 그는 자주, 자신의 어두운 우여곡절들 속으로 뛰어들어서, 한참 동안 처음으로 걸음들을 내딛다가, 그것들이 그저 마지막 걸음인지 아니면 더 최근 것인지 알게 된다. 공기가 얼마나 나쁜지, 아마도 진짜 숨을 한 번도 쉬어본 적 없는 사람만이, 또는 아주 오래전부터 더 이상 숨을 쉬지 않았던 사람만이 살아남을 수 있을 것이다. 그리고 이 바깥공기는, 반일 그것이 갑작스럽게 이 장소의 공기의 뒤를 잇게 된다면, 몇 번 들이마시는 것만으로도 그에겐 아마도 치명적일 것이다. 하지만 이쪽에서 저쪽으로의 이동은 아마도 적절한 때에, 조금씩, 남자가 출구에 가까이 갈수록, 부드럽게 이루어질 것이다. 그리고 어쩌면 이미, 공기는 출발했을 때보다, 즉 그가 출발했다는 걸 갑자기 깨달았던 순간보다 덜 나쁠지도 모른다. 어쨌든 그의 이야기는, 좋은 날들과 나쁜 날들로 점철되어, 옳건 그르건 간에 몇 개의 지표들을 만들어가며, 사건의 영역 안에서, 조금씩 만들어져 가는데, 예를 들면 가장 좁았던 협곡, 가장 요란했던 추락, 가장 길었던 무너짐, 가장 길었던 메아리, 가장 심각했던 부딪침, 가장 급격했던 내리막, 같은 방향으로 연달아 이어진 커브 길들의 최대 횟수, 가장 힘들었던 피로감, 가장 길었던 휴식, 가장 길었던 기억상실과 그가 앞으로 나아가며 냈던 소음들을 제외하고 가장 길었던 침묵 같은 것들. 아 그래, 일부는 손이, 또 일부는 차갑고 축축한 맨발이 각자 닿을 수 있는 한도 내에서 만들어냈던, 몸의 모든 부분들에 있어서 가장 왕성했던 이동. 그리고 최고의 벽 핥기. 한마디로 모든 정점들. 그다음으로는, 그저 약간 못 미치는, 다른 정점들, 거의 최고로 강한 것이 될 뻔했을 정도로 강렬했던 충격과 같은. 그리고 그저 약간 덜했을 뿐인 또 다른 정점들, 거의 최고가 될 뻔했을 정도로 가치가 있었던, 달콤했던 어떤 벽 핥기. 그다음엔 거의 없거나, 아주 최소라 할 정도로 미미한, 그래도 역시 잊을 수는 없는 것들, 엄청난 기억의 날들, 먼 거리로 인해, 또는 부족한 무게로 인해, 아니면 출발과 도착 사이의 짧은 간격으로 인해, 어쩌면 그가 상상해낸 것일 수도 있는, 너무나 희미한 추락의 소리, 그리고 또, 다른 예, 왼쪽 아니면 오른쪽으로, 단 두 번만 연속됐던 커브 길, 하지만 이건 나쁜 예. 그리고 또 다른 지표들이 첫 시도들을 통해, 심지어 두 번째 시도들을 통해 그에게 주어졌다. 예를 들어 첫 번째 좁은 길은, 아마도 그가 예상하지 못했었기에, 가장 좁은 협곡만큼이나 그에게 강렬한 인상을 남겼고, 마찬가지로 두 번째 붕괴도, 아마도 그가 예상하지 못했었기에, 가장 짧았던 붕괴만큼이나 집요한 기억을 그에게 남겼다. 어쨌거나 그의 이야기는 이렇게 만들어져갈 것이고, 새로운 높낮이들이 이렇게 잠시 영광을 차지했던 것들을 그늘 속으로 또 망각 속으로 밀어 넣음에 따라, 그리고 철저히 그의 모습이 될 이 뼈들처럼, 새로운 요소와 주제들이 그 중요성으로 인해 이야기를 풍요롭게 만들어감에 따라, 그의 이야기는 변모되기도 할 것이다.

II

나는 태어나기 전에 단념했다, 그렇지 않고서는 불가능하다, 그래도 그것은 태어나야만 했으며, 그건 그였고, 나는 그 안에 있었다, 이것이 내가 이해하는 방식이다, 울음소리를 낸 건 그였고, 세상을 본 건 그였고, 난 울지 않았으며, 세상을 보지도 않았다, 내가 목소리를 가진다는 건 불가능하고, 내가 생각을 가진다는 건 불가능하고, 그리고 난 말을 하고 생각을 하니, 내가 불가능을 행하는 거다, 그렇지 않고서는 불가능하다, 살았던 건 그였고, 난 살지 않았고, 그는, 나 때문에, 잘못 살았고, 그는, 나 때문에, 자살을 할 것이고, 난 그 얘기를 하려 하고, 그의 죽음을, 그의 삶의 마지막과 그의 죽음을, 조금씩, 현재형으로 얘기하려 하고, 그의 죽음만으로는 충분하지 않을 것이고, 그걸로는 내게 충분치 않을 것이고, 만일 그가 헐떡거리면 헐떡거리는 건 그일 것이고, 나는 헐떡거리지 않을 것이고, 죽게 될 자는 그일 것이고, 나는 죽지 않을 것이고, 만일 사람들이 그를 발견한다면, 아마도 묻어줄 것이고, 나는 그 안에 있을 것이고, 그는 썩을 것이고, 나는 썩지 않을 것이고, 그는 뼈만 남게 될 것이고, 나는 그 안에 있을 것이고, 그는 그저 먼지에 불과하게 될 것이고, 나는 그 안에 있을 것이고, 그렇지 않고서는 불가능하다, 이것이 내가 이해하는 방식이다, 그의 삶의 마지막과 그의 죽음, 그가 어떻게 끝장을 내려고 할지, 내가 그걸 아는 건 불가능하지만, 차차 그걸 알게 될 것이고, 내가 그걸 말하는 건 불가능하지만, 현재형으로, 말하게 될 것이고, 이제 문제가 되는 건 더 이상 내가 아니라 오직 그일 것이고, 그의 삶의 마지막과 그의 죽음일 것이고, 만일 사람들이 그를 발견한다면 그의 장례일 것이고, 거기서 끝날 것이다, 난 벌레들과 뼈, 먼지에 대해서는 말하지 않을 것이다, 그건 누구의 흥미도 끌지 못한다, 내가 그의 먼지 속에서 지루해한다면 모를까, 설마 그럴 리가, 그의 피부 속에서만큼이나, 여긴 긴 침묵, 그는 아마도 물에 빠져 죽을 것이다, 그는 물에 빠져 죽고 싶어 했었다, 그는 사람들이 자기를 발견하기를 원하지 않았다, 그는 더 이상 아무것도 바랄 수가 없지만, 예전에는 물에 빠져 죽고 싶어 했다, 그는 사람들이 자기를 발견하기를 원하지 않았다, 깊은 물과 목에 달린 맷돌, 다른 사람들처럼 꺼져버린 충동, 그런데 왜 어느 날엔 왼쪽으로, 다른 방향이 아니라 왜, 여긴 긴 침묵, 더 이상 나는 없을 것이다, 그는 더 이상 절대 나라고 말하지 않을 것이다, 그는 더 이상 절대 아무것도 말하지 않을 것이다, 그는 아무에게도 말을 하지 않을 것이고, 아무도 그에게 말을 하지 않을 것이다, 그는 자신에게 말을 하지 않을 것이다, 그는 생각하지 않을 것이다, 그는 갈 것이고, 나는 그 안에 있을 것이다, 그는 잠을 자기 위해 그냥 넘어져버릴 것이다, 아무 데나는 아니지만, 그는, 나 때문에, 잠을 제대로 못 잘 것이다, 그는 더 멀리 가기 위해 일어날 것이다, 그는, 나 때문에, 제대로 못 갈 것이다, 그는, 나 때문에, 더 이상 잠자코 있을 수 없을 것이다, 그의 머릿속에는 더 이상 아무것도 없다, 내가 거기에 필요한 걸 넣어줄 것이다.

III

혼(Horn)은 밤에 오곤 했다. 나는 그를 어둠 속에서 맞았다. 나는 보여지는 것만 빼고는 모든 걸 감당하는 법을 배웠었다. 초반에는, 난 그를 5, 6분 후에 돌려보내곤 했다. 그런 다음엔 그는 그 시간이 지나면 자기가 스스로 갔다. 그는 손전등 빛으로 자기 노트들을 참조해보곤 했다. 그런 다음엔 불을 끄고 어둠 속에서 말을 했다. 빛은 침묵이고, 어둠은 말이었다. 5, 6년 전부터 나를 본 사람은 아무도 없었으며, 나 자신부터가 그랬다. 예전에는 내가 그토록 꼼꼼히 들여다보았던 얼굴 말이다. 이제 나는 뭔가 도움이 될까 해서 다시 그렇게 살펴보려고 노력 중이다. 나는 거울들을 다시 꺼낸다. 난 결국 나 자신을 보게 될 것이다. 만일 누군가 문을 두드린다면, 난 외칠 것이다, 들어오세요! 하지만 5, 6년 전 이야기이다. 우리가 시간 속에 있다는 느낌을 받기 위한, 지나온 시간, 또 앞으로 올 시간에 대한 이러한 언급들. 몸은 내게 더 심한 고통을 주고 있었다. 나는 최선을 다해서 그것을 숨겼지만, 내가 일어날 때면 그것은 어쩔 수 없이 모습을 드러냈다. 내가 일어나기 시작했기 때문이다. 그러고는 상처를 받는다. 어쨌든 덜 심각했다. 하지만 얼굴은, 도리가 없다. 그러니까 밤에는 혼. 손전등을 잊고 왔을 때면 그는 성냥을 사용하곤 했다. 예를 들면, 나는 그에게 이런 말을 했다, 그날 그녀의 옷은? 그는 불을 켜고, 뒤적거린 다음, 정보를 찾아내고, 불을 끄고, 대답하곤 했다, 예를 들자면, 노란색. 그는 누군가 자기 말을 끊는 걸 좋아하지 않았으며 사실 내겐 그럴 기회도 거의 없었다고 해야 한다. 어느 날 밤에는 내가 그의 말을 중단시키고 얼굴을 좀 비춰달라고 부탁했다. 그는 재빨리 그렇게 하고는, 불을 끄고, 다시 말을 이어갔다. 나는 또 한 번 그를 중단시키며 잠시만 조용히 해달라고 부탁했다. 거기까지였다. 하지만 그다음 날, 아니 어쩌면 그 다음다음 날, 나는 그에게 다짜고짜 얼굴을 비춰 보여달라고 그리고 새로운 지시를 내릴 때까지 그렇게 비추고 있어달라고 부탁했다. 처음엔 제법 환했던 빛이 점점 약해지더니 그저 노랗게 반짝이기만 했다. 그 빛이, 놀랍게도, 오래갔다. 그러고는 갑자기 어둠이었고, 아마도 5, 6분이 지난 후에 혼은 가버렸다. 하지만 그건 둘 중의 하나일 터인데, 신기한 우연의 일치로 불이 꺼진 것과 만남의 시간이 종료되는 것이 실제로 맞아떨어졌거나, 아니면 떠날 시간이 되었음을 알고 있던 혼이 마지막 남은 시간을 종료해버린 것이다. 어둠이 짙어짐에 따라 점점 더 내게 분명히 모습을 드러냈던 그 창백한 얼굴, 내가 기억 속에 간직하고 있었던 그 얼굴을 아직도 다시 볼 때가 있다. 결국, 이해하기 어려운 일이지만 그 얼굴이 좀처럼 완전히 사라지지가 않아서, 나는 스스로 이렇게 말했다, 의심의 여지가 없어, 그야. 이런 이미지들이 생겨나는 건, 다른 곳과 혼동되지 않는, 바깥 공간 속에서이다. 내가 손을 내밀거나 눈을 감기만 해도 그것들은 더 이상 보이지 않게 되고, 안경만 벗어도 그것들은 흐릿해진다. 그건 장점이다. 하지만 우리가 곧 보게 되듯, 그건 진정한 보호가 아니다. 그래서 나는 일어날 때, 내가 침대에서부터 통제할 수 있는, 말하자면 천장 같은, 그런 평탄한 면 앞에 가급적 있으려고 하는 것이다. 왜냐하면 나는 다시 일어나기 시작했기 때문이다. 난 내 마지막 여행을 마쳤다고 생각했다, 뭔가 내게 도움이 되기 위해서는 이제 다시 한 번 밝혀내려고 시도해야 하는, 그리고 아마도 내가 되돌아가지 않는 편이 더 나을 그런 여행. 하지만 내가 아마도 또 다른 여행에 착수하게 될 거라는 느낌이 나를 사로잡는다. 그래서 나는 다시 일어나기 시작하고 침대 살들을 붙잡으며 내 방 안을 몇 걸음 걷기 시작한다. 나를 망친 건 사실 운동경기다. 젊은 시절에 높이뛰기와 달리기, 권투와 격투를 너무나 많이 해서, 기관이 일찍 못쓰게 되어버린 것이다. 마흔이 넘었는데도 난 여전히 투창을 하고 있었다.

IV

오래된 땅이여, 거짓말은 이제 그만, 내가 너를 보았으니, 그건, 또 다른 나의 탐욕스러운 눈을 가진, 나였으며, 너무 늦었다. 땅은 내 위로 덮칠 것이고, 그건 나일 것이고, 땅일 것이고, 우리일 것이고, 그건 결코 우리였던 적이 없었다. 아마도 당장은 아닐 것이나, 너무 늦었다. 내가 지켜본 바로는 금방일 것이다, 그런 거부라니, 그토록 거부당하던 땅이, 나를 어찌나 거부하는지. 풍뎅이들의 한 해다, 내년에는 없을 것이다, 그다음 해에도, 그놈들을 잘 봐두길. 난 밤에 돌아오고, 그들은 날아오르고, 내 작은 떡갈나무를 버려두고서, 잔뜩 배가 부른 채, 어둠 속으로 가버린다. 부드러운 대기 속에서 슬퍼했었네.[3] 나는 돌아오고, 팔을 들어 올려, 나뭇가지를 잡고, 일어서고, 집으로 들어간다. 땅에서의 3년, 두더지들을 피하던 날들, 그러고는 게걸스레 먹고, 또 먹고, 열흘 동안, 2주 동안, 그리고 매일 밤 날아오르기. 아마도 강까지, 그들은 강을 향해 떠난다. 나는 불을 켜고, 부끄러워 끄고, 창 앞에 계속 서 있고, 가구들에 기대며, 이 창에서 저 창으로 간다. 잠시 나는 하늘을, 서로 다른 하늘들을 보고, 그러면 하늘들은 얼굴들을, 최후의 고통을, 서로 다른 사랑들을 만들어내고, 또 행복들도, 불행히도 그것들 또한 거기 있다. 삶의, 내 삶의, 여러 순간들 중의 몇 순간들, 결국엔, 그렇다. 행복들, 어떤 행복들, 하지만 어떤 죽음들, 어떤 사랑들, 그때 난 그걸 알았지만, 너무 늦었다. 아 죽어가면서, 사랑하기, 그리고 당장 소중한 사람들이, 죽는 걸 보기, 그리고 행복하기, 왜 아, 인가, 필요 없다. 아니 이제, 그저 거기 머무르기, 창 앞에 서서, 한 손은 벽에 대고, 다른 손은 셔츠를 붙잡고, 그리고 하늘을 보기, 좀 오랫동안, 하지만 아니, 딸꾹질과 경련들, 어린 시절의 바다, 다른 하늘들, 다른 몸.

(1960년대)

멀리 새 한 마리

폐허로 뒤덮인 땅, 그는 밤새도록 걸었고, 나는 단념했다,
울타리들을 스치며, 길과 도랑 사이로, 앙상한 풀들 위로, 천천히
조금씩, 소리 없이 밤새도록, 자주 멈추며, 대략 열 걸음마다,
경계하며 조금씩, 숨을 고르며, 그리고 귀 기울이며, 폐허로
뒤덮인 땅, 나는 태어나기 전에 단념했다, 그렇지 않고서는
불가능하다, 그래도 그것은 태어나야만 했으며, 그건 그였고,
나는 그 안에 있었다, 그는 멈췄고, 이것이 밤사이 100번째, 대략,
그것이 지나온 거리가 되고, 이번이 마지막, 그는 지팡이 위로
몸을 굽히고, 나는 그 안에 있고, 울음소리를 낸 건 그였고, 세상을
본 건 그였고, 난 울지 않았으며, 세상을 보지도 않았고, 두 손을
지팡이 위에 포개어 누르고, 이마로 두 손 위를 누르고, 그는 다시
숨을 고르고, 그는 들을 수 있고, 몸통을 수평으로 하고, 두 다리를
벌리고, 무릎을 구부리고, 똑같은 낡은 외투, 뻣뻣한 옷자락이
뒤쪽으로 솟아오르고, 날이 밝고, 그는 눈을 들어 올리기만 하면,
뜨기만 하면, 들어 올리기만 하면 될 것이었고, 그는 울타리와
구분이 되지 않고, 멀리 새 한 마리, 붙잡을 시간이 지나면
날아가버리고, 살았던 건 그였고, 난 살지 않았고, 나 때문에, 잘못
살았고, 내가 의식을 갖는다는 건 불가능하지만 난 가지고 있고,
누군가가 나를 간파하고, 우리를 간파하고, 그는 그렇게 되었고,
결국 그렇게 되고 말았고, 나는 그를 상상하고, 거기서 우리를
짐작해보고, 두 손과 머리가 하나의 작은 덩어리를 이루고, 시간은
지나가고, 그는 움직이지 않고, 그는 내게 목소리를 찾아주려
하고, 내가 목소리를 갖는 건 불가능하며 나는 갖고 있지 않고,
그는 내게 그걸 찾아줄 것이고, 그 소리는 나와 어울리지 않을
것이고, 그것은 어울릴 것이고, 그와 어울릴 것이고, 하지만 더
이상 그에겐 아무것도 없고, 이 이미지, 두 손과 머리가 함께한
작은 덩어리, 수평으로 한 몸통, 양쪽의 팔꿈치, 감긴 눈과 경직된
채로 귀 기울이는 얼굴, 보이지 않는 두 눈과 보이지 않는 얼굴
전체, 시간이 아무것도 바꾸지 못하는, 이 이미지 그리고 더 이상

아무것도 없는, 폐허들로 뒤덮인 땅, 밤이 거기서 물러나고, 그는 달아났고, 나는 그 안에 있고, 그는, 나 때문에, 자살을 할 것이고, 나는 그걸 살아낼 것이고, 나는 그의 죽음을 살아낼 것이고, 그의 삶의 마지막과 그의 죽음을, 점점 더, 현재형으로, 그가 어떤 행동을 할까, 내가 그걸 아는 건 불가능하고, 조금씩, 알게 될 것이고, 죽게 될 것은 그이고, 나는 죽지 않을 것이고, 그에겐 이제 뼈만 남게 될 것이고, 난 그 안에 있을 것이고, 또 모래만 남게 될 것이고, 난 그 안에 있을 것이고, 그렇지 않고서는 불가능하고, 폐허들로 뒤덮인 땅, 그는 울타리를 가로질렀고, 더 이상 멈추지 않고, 그는, 나 때문에, 결코 나라고 말하지 않을 것이고, 그는 아무에게도 말을 하지 않을 것이고, 아무도 그에게 말을 하지 않을 것이다, 그는 자신에게 말을 하지 않을 것이다, 그의 머릿속에는 아무것도 남아 있지 않다, 내가 거기에 필요한 걸 채울 것이다, 끝내기 위해, 더 이상 나라고 말하지 않기 위해, 더 이상 입을 열지 않기 위해, 뒤섞인 기억들과 후회들, 뒤섞인 기억들과 후회들, 사랑했던 사람들 그리고 불가능한 젊음, 앞으로 몸을 숙이고 지팡이 중간을 잡고서, 그는 비틀거리며 들판을 가로지른다, 내 것인 삶, 나는 시도했었고, 그건 실패했고, 오직 그의 삶뿐, 나 때문에 나빠진, 그건 삶이 아니었다고 그는 말하곤 했다, 천만에, 그건 아직도, 늘 같은 삶이다, 나는 여전히, 그 안에 있고, 그의 머릿속에, 얼굴들을, 이름들을, 장소들을 넣을 것이다, 끝내는 데 필요한 모든 것들을 뒤섞어놓을 것이다, 멀리해야 할 그림자들, 멀리하고 또 쫓아야 할, 마지막 그림자들, 그는 자기 어머니를 창녀들과 혼동하고, 자기 아버지를 발프라는 이름의 어떤 도로 고치는 사람과 혼동한다, 나는 그에게 늙고 병든 개 한 마리를 붙여줄 것이다, 그가 다시 사랑할 수 있도록, 다시 잃어버릴 수 있도록, 폐허들로 뒤덮인 낡은 땅, 겁에 질린 종종걸음

(1960년대)

닫힌 장소. 말하기 위해 알아야 할 모든 것은 알려졌다. 말해진 것만 있을 뿐이다. 말해진 것 외에는 아무것도 없다. 무대에서 일어나는 일은 말해지지 않았다. 알아야 하는 것이라면 알려졌을 것이다. 관심 없다. 그걸 상상하지 말 것. 땅을 사용하는 시간은 마지못해 그것을 사용한다. 무대와 구덩이로 만들어진 장소. 이 둘 사이 후자(後者)를 따라 길이 나 있다. 닫힌 장소. 구덩이 너머로는 아무것도 없다. 그걸 아는 건 그걸 말해야 하기 때문이다. 검게 펼쳐진 무대. 수백만 명이 거기 들어갈 수 있다. 돌아다니며 그리고 움직이지 않고. 절대 서로 보지도 듣지도 않고. 절대 서로 만지지도 않고. 알려진 건 이게 다이다. 구덩이의 깊이. 가장자리에서 보면 모든 몸들이 바닥에 있다. 아직도 거기에 있는 수백만. 그들은 실물보다 여섯 배는 더 작아 보인다. 몇 개의 구역들로 나눠진 바닥. 어두운 구역들과 밝은 구역들. 그것들이 바닥의 폭 전체를 차지하고 있다. 밝은 상태의 구역들은 정사각형이다. 평균 정도의 몸이 거기 간신히 버틸 수 있다. 대각선으로 몸을 뻗어서. 더 크면 몸을 웅크려야 한다. 이렇게 해서 구덩이의 너비를 알게 된다. 그렇지 않더라도 알 수 있을 것이다. 어두운 구역들과 합산하기. 밝은 구역들. 전자(前者)가 훨씬 많다. 장소는 이미 오래됐다. 구덩이는 오래됐다. 처음에는 그저 밝기만 했다. 밝은 구역들뿐. 거의 서로 스치는. 가장자리만 겨우 그늘이 지는. 구덩이는 직선인 것처럼 보인다. 그러다 이미 본 적 있는 몸 하나가 다시 나타난다. 그러니까 닫힌 곡선인 셈이다. 밝은 구역의 눈부신 밝음. 그것은 어둠을 침범하지 않는다. 어두운 구역들은 철저하게 어둡다. 가장자리도 중심만큼 짙다. 반면 이 밝음은 수직으로 올라간다. 무대 높이보다 더 위로. 구덩이만큼이나 높은 그 위는 깊다. 검은 대기 속으로 희미한 빛의 탑들이 솟아 있다. 밝은 구역들의 수만큼 탑들이 있다. 바닥에는 또 그만큼의 몸들이 보인다. 구덩이를 쭉 따라서 길이 나 있다. 사방을 둘러가며. 그 길은 무대에 비하면 더 높다. 한 발

정도. 그것은 낙엽으로 만들어져 있다. 아름다운 자연을 떠오르게 한다. 낙엽들은 말라 있다. 건조한 공기와 열기. 죽었지만 썩지는 않았다. 조만간 먼지가 되어버릴 것이다. 딱 몸 하나만 지나갈 정도 너비의 길. 거기서 둘이 마주치는 일은 결코 없다.

(1960년대)

그는 땅에 누운 채 발견되었다. 우연히. 누구도 그를 아쉬워하지 않았다. 누구도 그를 찾지 않았다. 어떤 노파가 그를 발견했다. 확실하지는 않다. 너무 오래전의 일들이다. 그녀는 야생화를 찾으러 돌아다니던 중이었다. 노란색 꽃들만. 오직 그 꽃들에만 시선이 고정되어 그녀는 누워 있는 남자와 부딪쳤다. 그는 얼굴을 땅에 대고 두 팔을 벌린 채 쓰러져 있었다. 그는 계절에 맞지 않게 겨울 외투를 입고 있었다. 그의 몸 아래 숨겨진 서로 짝이 맞지 않는 단추들이 그를 위에서 아래까지 채워주고 있었다. 서 있는 상태에선 옷자락이 땅을 스쳤다. 서로 그럴듯해 보인다. 머리 근처에 모자가 비스듬히 놓여져 있다. 챙과 꼭대기가 동시에. 초록빛 도는 외투 색이 그를 거의 눈에 띄지 않게 만들어주고 있었다. 잘 찾아보면 오직 그의 백발 머리만이 멀리서 두드러졌다. 그녀가 전에 어디선가 그를 본 적이 있었던가? 어디선가 서 있는 모습을? 잠깐만. 그녀는 검은 옷을 입고 있었다. 그녀의 검고 긴 치마의 끝자락이 풀 위로 끌리고 있었다. 해가 저물 무렵이었다. 그녀가 동쪽으로 다시 떠난다면 그건 자신의 그림자를 따르는 것이리라. 검고 긴 그림자. 양들이 나올 때였다. 하지만 양은 없었다. 그녀는 한 마리도 보지 못했다. 제3자가 갑자기 나타난다 해도 그들 둘 외의 다른 몸은 보지 못할 것이다. 우선 서 있는 노파. 그리고 좀 다가가보면 뻗어 있는 몸. 서로 그럴듯해 보인다. 황량한 풀밭. 검은 옷을 입고 꼼짝 않고 서 있는 노파. 바닥에서 움직이지 않는 몸. 검은 팔의 끝에 있는 노란색. 풀밭 속의 백발. 밤 속으로 잠겨드는 동쪽. 잠깐만. 날씨. 저녁까지 흐린 하늘. 수평선 근처 서북서 방향으로 벌써 별들이 나타난다. 비? 뭐 원한다면 몇 방울. 원한다면 아침에 몇 방울. 결국 현재형으로. 너무 오래전의 일들이다. 하루 종일 집에 틀어박혀 있던 그녀는 해와 같은 시간에 집을 나선다. 그녀는 풀밭으로 가려고 서두른다. 아무도 보지 못했음에 놀라며 그녀는 야생화를 찾으러 열심히 돌아다닌다. 밤이 임박한 만큼 더 열심히. 그녀는 이 계절 이 장소에 많던 양들이 없다는 것을 깨달으며 놀란다. 그녀는 자신이 젊은 과부였을 때 입던 검은 옷을 입고 있다. 그가 좋아했었던 꽃들을 그녀가 찾는 건 그걸로 무덤을 다시 꽃피우기 위해서이다. 검은 팔 끝의 노란색이 필요했더라도 그건 하나도 없을 것이다. 그러니까 아주 최소한만 남아 있다. 이것이 그녀가 외출한 후 세 번째로 놀란 것이다. 왜냐하면 이 계절 이 장소에 그 꽃들은 넘쳐나기 때문이다. 평생의 친구인 자기 그림자가 그녀를 불편하게 한다. 그녀가 결국 해를 마주 보게 만들 정도로. 그녀의 노선을 벗어난 곳에 꽃 한 송이가 나타나면 그녀는 비스듬히 그쪽으로 간다. 그녀는 빨리 해가 지기를 그리고 긴 황혼의 빛을 따라 다시 자유롭게 돌아다니게 되기를 바란다. 그녀의 검고 긴 치마가 풀에 쓸리며 내는 익숙한 소리가 그녀의 불안을 더해준다. 마치 큰불에 이끌리듯 그녀는 눈을 반쯤 감고 앞으로 나아간다. 3월 또는 4월의 하루저녁치고는 낯선 것들이 너무 많다고 그녀는 스스로에게 말할 수도 있다. 아무도 보이지 않는다. 양 한 마리 없다. 꽃들도 거의 없다. 짜증 나는 그림자와 소리. 그리고 최고의 충격은 자기 발에 걸린 몸. 우연히. 누구도 그를 아쉬워하지 않았다. 누구도 그를 찾지 않았다. 서로 부딪치는 옷들의 검은색과 녹색. 백발 근처에 있는 모아놓은 꽃들 중 노란색. 햇빛을 받고 있는 늙은 얼굴. 말하자면 작은 활인화 같은. 그 이후로는 침묵. 그녀가 다시 떠나지 못하는 한. 마침내 해가 사라지고 더불어 모든 그림자도. 이 장소에서. 천천히 사라져가는 황혼. 달도 별도 없는 밤. 이 모든 게 그럴듯해 보인다. 하지만 그 얘기는 더 이상 하지 말 것.

(1960년대)

절벽4

하늘과 땅 사이 어딘지 모르는 곳의 창문. 그것은 무색의 절벽을
향해 나 있다. 눈을 어디에 두든 꼭대기는 보이지 않는다.
바닥도 마찬가지. 언제나 하얀 하늘의 두 면이 그것을 두르고
있다. 하늘은 땅의 종말을 암시하려는 걸까? 중간에 놓인 창공?
바닷새의 흔적은 없다. 아니면 드러나기엔 너무 옅은 건지도.
도대체 어떤 모습에 대한 증거가 있는가? 어디에 눈을 두어도
발견하지 못한다. 눈이 단념하자 미친 공상이 끼어든다. 튀어나온
바위의 그림자가 마침내 가장 먼저 나타난다. 기다리다 보면
그것은 시체들로부터 생기를 얻게 될 것이다. 마침내 두개골
전체가 모습을 드러낸다. 그런 잔해들 중 단 하나. 전두골을
움직여 바위 속으로 다시 들어가려고 여전히 애쓴다. 눈구멍들을
통해 어렴풋이 보이는 예전의 시선. 때로 절벽이 사라진다. 그러면
멀리 흰 곳을 향해 날아가는 눈. 또는 그 앞에서 외면하는.

(1975년)

1. 영어 판본에서는 '두 배(twice)'로 옮겨져 있다.

2. 머피는 1938년 런던의 출판사 라우틀리지 앤드 선스(Routledge and Sons)에서 베케트가 쓴 장편소설 중 제일 처음 출판된 『머피(Murphy)』의 주인공이다.

3. Tristi fummo ne l'aere dolce. 단테 알리기에리, 『신곡』 중 「지옥」 편 제7곡.

4. 이 텍스트는 1975년 1월 6일 '브람을 위하여(Pour Bram)'라는 타이틀로 시작되어 같은 해 3월 26일 '말을 사용할 수 없는 자(Celui qui ne peut se servir des mots)'라는 제목으로 완성되었으며, 그해 네덜란드 화가 브람 판 펠더(Bram van Velde)의 전시회에서 공개되었고, 1991년 『다시 끝내기 위하여 그리고 다른 실패작들』(미뉘)에 현재의 제목 '절벽(La Falaise)'으로 수록되었다. 베케트는 판 펠더 형제와 오랜 기간 교류하며 예술관을 공유했고, 이들의 작품 세계에 대한 비평을 쓰기도 했다. 이 비평들은 1991년 미뉘에서 『세계와 바지 / 장애의 화가들(Le Monde et le pantalon *suivi de* Peintres de l'empêchement)』로 출간되었다. S. E. 곤타스키(S. E. Gontarski) 편저, 『베케트 스터디스 읽기(The Beckett Studies Reader)』, 게인즈빌, 플로리다 대학교 출판부(University Press of Florida), 1993, p. 203.

해설
"죽은-머리"의 상상력, 끝나지 않는 글쓰기

1. 럭키의 독백

『고도를 기다리며』의 한 장면. 포조라는 주인으로부터 굴욕적인 대우를 받는 럭키가, 명령에 따라 "생각"을 한다. "프왕송과 와트만의 최근의 공동 연구에서 밝혀진 바에 따르면 까까"로 시작되는, 쉼표도 마침표도 없는 단어들과 단편적인 문장들의 나열로 이루어진 그의 독백이 끝도 없이 이어지면, 등장인물들은 물론 관객 또한 의미의 파악을 포기한 채 이 기괴한 장면의 구경꾼이 된다. 고장 난 자동인형의 소음과도 같은 말은 머리에서 모자를 벗겨낼 때 비로소 중단되고, 럭키는 쓰러진다. 그의 "생각"은 이제 중단될 것이고, 그는 심지어 말을 잃어버린 벙어리가 될 것이다. 한때는 주인에게 모든 멋진 생각들을 청산유수 같은 말들을 통해 들려주곤 했다던 럭키에게, 무슨 일이 생겼던 걸까? 그의 머릿속엔 과거의 생각과 말들에 대한 기억이 남아 있을까? 어쩌면 기약 없는 고도를 기다리는 것보다 아무것도 기억하지 못하는 편이 더 '럭키'한 걸까? 그러나 강요되고 구경거리가 되고 고장 나버린 생각일지라도, 럭키의 마지막 절규처럼, 그의 이야기는 아직 끝나지 않았다 ("…미완성[Inachevés]!").[1]

2. 표현의 한계, 한계의 표현

베케트의 문학은 무엇을 말하고자 하는가? 더블린과 파리, 조이스와 프루스트를 오가며 기존의 형식을 실험하고 외부 세계의 의미를 묻던 그의 문학은, 차츰 존재의 심연을 탐색하는 고유한 글쓰기를 발견한다. "나는 무력감과, 무지와 더불어 작업한다. 표현이 어떤 완성이라는, 완성이어야 한다는 일종의 미학적 공리(公理)가 있다고 나는 생각하지 않는다. 내게 있어서, 내가 탐험하고자 애쓰는 것은, 쓸모없는 어떤 것, 또는 본래부터 예술과는 어울리지 않는 어떤 것처럼 예술가들이 항상 등한시했던 존재의 그 모든 영역이다."[2] 이제 20세기 문학의 모더니즘은, 합리주의와 사실주의에 대한 전면적 거부를 넘어, 베케트와 더불어 존재의 불확실성을 더욱 극한까지 몰고 가게 된다. 그리고 '생각'을 통해 '나'의 존재를 확인했던 데카르트의 '코기토'는, 보다 근본적인 질문과 직면한다. "지금은 어딜까? 지금은 언제일까? 지금은 누구일까? 나한테 묻지 말고. 나는이라고 말하기. 생각하지 말고."[3] 1950년대 초기에 발표된 베케트의 소설 3부작 『몰로이』(1951) 『말론 죽다』(1951) 『이름 붙일 수 없는 자』(1953)는, 이러한 "주체의 위기"를 소설이라는 형식의 모든 차원에서 점검한다. 말론이 "나에 대해서는 끝났다, 난 더 이상 나라고 말하지 않을 것이다"[4]라고 말할 때, 그리고 "이름 붙일 수 없는 자"가 "나한테 나에 대해 말하는 이가 바로 나야"[5]라고 말할 때, 베케트의 서술 행위는 역설적으로 작가-서술자-인물-목소리 사이의 어디쯤엔가 기어이 모습을 드러내는 주체의 존재를 확인한다. 이렇게 소설적 '이야기'가 끝나고 소진된 지점에서, 3부작 이후 비(非)소설적 산문들의 서술 행위가 다시 시작된다. 베케트에게 있어서 그것은, 표현의 한계 자체를 글쓰기의 대상으로 삼는 작업이다. "표현할 것도 전혀 없고, 표현의 수단도 전혀 없고, 표현의 출발점도 전혀 없고, 표현할 어떤 능력도 없고, 표현하고자 하는 어떤 욕망도 없고, 그러면서도 표현해야 하는 의무가 있다는 사실에 대한 표현."[6] 베케트가 프랑스 화가 탈코트(Tal-Coat)의 작업에 대해 이렇게 언급했을 때, 그는 바로 자신의 글쓰기를 염두에 두고 있었을 것이다.

3. 몸의 기억, 완성되지 않는 이야기

베케트의 어떤 "몸"들은 끝없이 걷는다. 목적지는 없고, 언제나 넘어지고, 결국 다시 돌아오기 위해. 그들은 가끔 한 쌍을 이루기도 하고, 누군가를, 무언가를 만나기도 하고, 그 여정이, "뭔가 내게 도움이 되기 위해서는 이제 다시 한 번 밝혀내려고 시도해야 하는, 그리고 아마도 내가 되돌아가지 않는 편이 더 나을 그런 여행"(「다른 실패작들」 IV)이 이제 그만 끝나기를 언제나 꿈꾼다. 길에서, 많은 기억들이 엉킨 실타래처럼 뒤섞인 채 떠올랐다가 사라진다. 지나가버린 과거, 의미도 모른 채 살아내야 할 오늘. 이 과정 속에 그런대로 이야기와 등장인물이 존재한다. 거울처럼 마주 보는 '그'와 '나', 애증으로 하나가 된 늙은이들, 상복의 노파가 쓰러진 백발의 남자 주위에서 발견한 노란색 야생화. 폐허가 되어버린, 이 "척박하지만 완전히 그렇지는 않은 땅"(「충분히」) 위에서 그저 소멸될 수만은 없는 베케트의 인물들은, "언제, 어디, 무엇이 사라진 오래된 반(半)의식 상태"(「버려진 한 작품으로부터」)[7] 속에서 움직이고, 말을 한다. 그러나 그들의 이야기는 완성된 것이 아니라 언제나 진행 중이고, 만들어져 가면서 변모될 수도 있고, 결국 끝이 나지 않고, 어쩌면 버려질 수도 있다. 무엇보다, 누구의 이야기인가? "나"라고 말하는 목소리는, 자주 스스로를 부정한다. 소설 3부작의 치열한 탐색 끝에 이르게 된, "나"의 극복될 수 없는 이질성과 이타성이, 1960년대의 단편들 속에 다시 등장한다. "나는 태어나기 전에 단념했다, 그렇지 않고서는 불가능하다, 그래도 그것은 태어나야만 했으며, 그건 그였고, 나는 그 안에 있었다, 이것이 내가 이해하는 방식이다, (…) 내가 목소리를 가진다는 건 불가능하고, 내가 생각을 가진다는 건 불가능하고, 그리고 난 말을 하고 생각을 하니, 내가 불가능을 행하는 거다, 그렇지 않고서는 불가능하다, 살았던 건 그였고, 난 살지 않았고, (…) 난 그 얘기를 하려 하고, 그의 죽음을, 그의 삶의 마지막과 그의 죽음을, 조금씩, 현재형으로 얘기하려 하고 (…)"(「다른 실패작들」 II) 길 위의 생각과 질문들, 방향 없는 걸음, 찾을 수 없는 의미, 더 나아가, "나"를 부정하는 "나"의 몸과 기억들. 길을 떠났던 베케트의 인물들은, 이 방황을 이제 그만 포기할 것이다. 필사적으로 답을 얻고자 했던 "그"는, 생각의 주체였던 코기토는, 이제 "더 이상 절대 나라고 말하지 않을 것이다, 그는 더 이상 절대 아무것도 말하지 않을 것이다, 그는 아무에게도 말을 하지 않을 것이고, 아무도 그에게 말을 하지 않을 것이다, 그는 자신에게 말을 하지 않을 것이다, 그는 생각하지 않을 것이다 (…) 그의 머릿속에는 더 이상 아무것도 없다".(「다른 실패작들」 II) 베케트의 인물들은 이렇게 생각과 이동성을 잃어버리고, 그들에게는 "죽은-머리"만,

"마지막 장소 두개골"(「다시 끝내기 위하여」)만 남겨질 것이다.

4. 중얼거림, 어쩌면 어떤 의미

베케트의 문학은 후반기로 갈수록 밖에서 안으로, 의미에서 소리로, 탐색에서 관찰로, 이야기에서 서술 행위로 방향을 잡아간다. 몸의 움직임 또한 전체에서 상반신으로, 상반신에서 머리로, 머리에서 입과 눈으로 점차 축소되고, 모든 표현의 가능성들에 대한 완전한 소멸을 지향하는 것처럼 보인다. 그러나 바디우가 "뺄셈의 방식"이라고 명명한 이러한 진행은, 존재의 부정이나 무화가 아니라 역설적으로 "최소한의 최소" 속에서 존재의 출현이 극대화되는 순간들을 포착하기 위한 것이다.[8] 이제 등장인물이라는 표현은 무의미해진다. 그것은 차라리 머리만 남겨진 어떤 주체의 이미지와 형상들이고, 잠재적이고 우발적인 움직임의 흔적들이다. 어딘가에, "지름 80센티미터"의 "온통 하얀 원형"(「죽은 상상력 상상해보라」) 안에, "하얀 벽들 흰 천장 결코 본 적 없는 1제곱미터"(「쿵」) 안에, 그 "출구 없는 진정한 도피처"(「없는」) 안에 있는, "벌거벗은 흰 몸"이, "죽은-머리"가, "두개골" 위의 두 눈과 입이, 보여지거나 상상될 것이다. 이처럼 최소한의 닫힌 공간 속에 유폐된 존재의 형상은, 베케트의 연극에서 기괴한 이미지로 자주 무대화된다. 두 개의 쓰레기통 안에 폐기된 채 죽어가는 『마지막 승부』의 나그와 넬, 흙더미 속에 점점 파묻혀가는 『오 행복한 날들』의 위니, 세 개의 항아리 속에 각자 갇힌 채 머리만 돌출된 『코메디』의 인물들, 끝없이 말들을 토해내는 『나는 아니야』의 입…. 베케트의 어떤 단편들은, 마치 어떤 무대에 대한 지시문처럼, 어떤 그림에 대한 묘사처럼, 독자들에게 시각적이고 공간적인 상상력을 요구한다. 몇 개의 주도적인 이미지들이, 단어들의 순서와 조합을 살짝 바꾼 채 다시 주어진다. 흰색의 공간, 흰 몸, 창백한 푸른빛의 두 눈, 잿빛의 폐허, 그리고 침묵 속의 중얼거림. 문장들은 불연속적이고, 반복되고, 마침표 없는 긴 호흡으로 이어지거나, 심지어 문장을 마무리하는 동사가 아예 부재하는 경우도 있다(「쿵」). 상상력이 완전히 죽는 것은 불가능하고, 고정된 몸 또한 "더 가까이서 즉

부분별로 살펴보면 미동도 하지 않는 것이 아니라 온몸을 떨고 있다는 걸 알게 된다"(「움직이지 않는」).[9] 그래서 이따금씩, 소리를 내기도 한다. "중얼거림", 또는 침묵을 깨는 어떤 소리거나 호흡, "쿵(bing, 프랑스어 텍스트 제목)" 또는 "땡(ping, 영어 텍스트 제목)". 생각도, 기억도 "없는" "죽은-머리"는 그렇게 꺼져가는, 그러나 완전히 소멸될 수는 없는 빛을 응시한다. "말로 표현할 수 없는 무(無)를 그저 죽어가는 빛을 완전한 어둠이 될 때까지 응시하기 물론 그 빛보다 덜한 그런 무는 사실 절대 없거나 불가능해 보인다"(「움직이지 않는」).[10] 존재하지 않는 "나", 생각하지 않는 "죽은-머리", 베케트의 글쓰기는 그 사이를 오가는 상상력을 통해 "어쩌면 거의 결코 없었던 간신히 하나의 의미"(「쿵」)를 탐색한다. "나는 생각한다, 따라서 나는 존재한다", 근대적 합리성의 시작이며 서구 정신세계의 근간을 이루던 데카르트의 이 명제를 뒤집어, 라캉은 이렇게 말하지 않았던가. "나는 존재하지 않는 곳에서 생각한다, 따라서 나는 생각하지 않는 곳에서 존재한다."[11]

5. 『소멸자』, 또는 글쓰기의 실험실

베케트가 1965년에 구상해서 1970년에 완성한 『소멸자』는, 이제 더 이상 한 주체의 머릿속에서 전개되는 "나"에 대한 탐색이 아니라, "둘레 50미터 높이 16미터로 균형을 맞춘 납작한 원통의 내부"에서 "각자 자신의 소멸자를 찾아다니는" 200여 명의 "몸들"에 대한 관찰로 이루어진다. 이 작품에서 가장 먼저 제기되는 질문은 바로 "소멸자"라는 존재에 대한 것이다. 작품의 제목이기도 하면서 첫 문장에 등장해 모든 관심을 집중시키는 이 "소멸자"는, 그러나 그 이후 한 번도 언급되지 않는다. 베케트가 만들어낸 신조어인 'dépeupleur'가 지니는 의미는 과연 무엇인가? 이 작품의 "몸들" 각자에게 있어서 탐색의 대상이 되는 이 존재는 과연 누구인가? '이주시키다', '멸종시키다, 감소시키다' 등의 뜻을 지니며 '비우다(vider)'의 동의어로 사용되기도 하는 프랑스어 동사 'dépeupler'로부터 유추해볼 때, 'dépeupleur'는 '무언가를 비우거나 없애버리는 자'일 것이다. 이에 해당하는 한국어는 '소멸자' 또는 '박탈자' 정도일까? 부정적 울림이 강한 '박탈자'보다는 상대적으로 의미의 모호성이 두드러지는 '소멸자'로 부르기로 하자. 이러한 제목의 수수께끼를 풀고자 하는 일련의 베케트 연구자들은, 라마르틴의 시 한 구절에서 'dépeupler'의 기원을 찾는다. "오직 한 사람 그대에게 없으니 모든 것이 비워지네!(Un seul être vous manque, et tout est dépeuplé!)"[12] 베케트 자신도 이러한 해석에 동의한 것으로 알려지고 있으며, 이때 "소멸자"는 부재하는 어떤 존재, 그리고 그 부재가 채워지지 않을 경우 '나'의 존재를 불완전하게 만들고 무화시키는 어떤 타자를 의미한다고 할 수 있을 것이다. 이 맥락에서 추론해봤을 때 '나'의 "소멸자"를 찾는다는 것은 결국 '나'를 완성하고 정체성을 회복하는 일이다. 이제 "소멸자"는, 부재할 경우 '나'를 사라지게 만드는 부정적 존재가 되지만 '나'와 만나졌을 때 모든 것을 채울 수 있는 긍정적이고 희망적인 존재로서 기능하게 된다. "소멸자"가 지닌 이러한 역설적 의미는, 베케트 스스로 이 작품의 영어 번역판에 부여한 제목 '잃어버린 자들(The Lost Ones)'을 통해 좀 더 명백해진다. 즉 그는 'dépeupleur'의 가장 직접적인 번역이라고 할 수 있는, 그리고 영어에는 존재하는 'depopulator'라는 단어 대신, 의미의 울림이 훨씬 더 크고 깊은 '잃어버린 자들'이라는 제목을 선택했다. 이는 프랑스어와 영어라는 두 언어를 오가며 자신의 작품을 쓰고 번역해온 베케트 문학의 특수성에서 기인한 것이며, '소멸자'와 '잃어버린 자들'이라는 같은 텍스트의 상이한 두 제목은 베케트의 '자가-번역(auto-traduction)'이 지니는 미학 또는 시학을 보여주는 대표적인 예다. 작가와 번역가가 동일인이기에 가능한 이러한 적극적인 '의역'은 이 작품이 제시하는 탐색의 주체와 대상, 그리고 그 의미가 지닌 양가성을 더욱 두드러지게 하는 요인이다. "소멸자"와 "잃어버린 자"는, '자기부정'과 '자기완성'이라는 정반대의 두 지점을 지향하고 있기 때문이다. 그리고 원통 안에는, 단죄와 구원이라는 양극단 사이를 오가는 200여 명의 "몸들"이 존재한다. 그들은 "쉬지 않고 돌아다니는 자들" "가끔씩 멈추는 자들" "움직이지 않는 정주자들” “굴복자들”이라는 네 그룹으로 분류된다. 첫 번째와 두 번째 그룹은 적극적인 “탐색자들”에 해당하며, 이들은 또한 원통 안에 있는 15개의 사다리들을 타고 벽 안의 “틈새 집”과 터널을 지향하는 “기어오르는 자들”로 표현되기도 한다. 세 번째 그룹인 “정주자들”은, 과거에는 “탐색자들”이었을 것으로 추정되지만 그런 노력의 무의미성을 깨닫고 자기 자리를 고수한 채 시선으로만 집요하게 모든 움직임들을 살펴보는 자들이다. 그리고 “굴복자들”은, “대부분 벽에 기대고 앉아 있는 애써 찾으려 하지 않는 자들”이며 체념과 무기력의 상징이다. 이들의 태도와 자세는 단테의 『신곡』 중 「연옥」 편 제4곡에 등장하는 ‘벨라콰(Belacqua)’라는 인물과 닮아 있다. 그는 ‘게으름’과 ‘태만’을 상징하는 인물이며, 그만큼 현세에서의 잘못을 뉘우치는 시기도 늦었던 탓에 천상으로 들어가는 것을 단념하고 연옥 문밖에서 세월이 흐르기만을 기다리는 자이다. 무엇보다 그는, 베케트의 “굴복자들”처럼 “귀찮은 듯 무릎을 끌어안고 앉아 두 무릎 사이에 머리를 틀어박고 있는”[13] 자세를 취하고 있다. 그리고 단테는 그의 행동과 말을 접하고 “무의식 중에 미소 짓는다”. 『소멸자』의 텍스트에 “단테의 보기 드문 창백한 미소들 중 하나를 끌어냈던 자세”가 언급되는 것은 이러한 맥락이다. 단테가 벨라콰에게 그러했듯, 베케트 또한 원통 안의 “굴복자들”에게 연민의 미소를 보내는 것일까? 그것이 소멸 또는 완성 중 어느 쪽이든지 간에 ‘지금-여기’의 ‘나’를 벗어나게 해주는 자를 찾는 사람들, 그리고 이 탐색에 대한 그들의 네 가지 태도와 입장들, 이것이 주체와 타자의 관계에서 살펴본 『소멸자』의 의미 구조라고 할 수 있을 것이다. 그렇다면 이 작품의 무대이자 내부의 “소집단들”을 마치 감옥처럼 가두고 있는 이 “납작한 원통”은 어떤 곳인가? 객관적으로 측정 가능하고 거의 과학적으로 구성해볼 수 있는 수치들이 주어진 그곳은 일면 사실적인 공간처럼 보이지만, 일체의 현실적 지표들이 부재하는 가상의 세계, 즉 이름 붙일 수 없는 시공간의 장소이며, 기원도 이유도 알 수 없이 그냥 주어진 것이다. 이곳에서는 “오직 원통만이 확실한 것들을 제공해주고 그 외부는 불확실할 뿐”이다. 그 내면에 존재하는 상징적 오브제들로 인해, 이 공간은 어떤 소우주에 대한 일종의 알레고리처럼 간주될 수도 있다. 인물들을 원통의 상층부와 연결해주는 사다리, 벽 안에 존재하는 "틈새 집"과 터널들, 그리고 어딘가 존재할지도 모르는 출구에 대한 전설 등은, 이 작품에 대한 사실주의적 이해를 벗어나 종교적이고 신화적인 차원으로 상상력을 확장시켜주는 기능을 하고 있기 때문이다. 베케트가 늘 참조하고 언급했던 단테의 『신곡』의 세계, 그중에서도 끝없는 형벌 속에서 고통스러워하는 다양한 유형의 버림받은 영혼들을 담아낸 「지옥」 편의 이미지, 성경의 「창세기」 28장에서 야곱이 꿈에서 본, 천사들이 천상과 지상을 왕래할 수 있도록 하늘에 닿아 있는 사다리, 바벨탑의 신화에서처럼 "연대감"을 발휘하여 "가상의 즉 접근 불가능한 영역"에 도달하려는 인물들, 언제나 무산되고 언제나 다시 시작되는 시시포스의 시도…. 『소멸자』의 원통과 인물들은 이처럼 서양 문화의 원천이 되는 다양한 신화와 종교를 연상시킨다. 그러나 이러한 해석들은, 이 작품의 서술자의 표현을 인용하자면 "신화 애호가들의 눈"에 따른 것이며, 암시와 이미지들만 주어질 뿐 결정적인 것은 물론 아니다. 어쩌면 『소멸자』의 원통은, "질서와 무질서 사이에서" 내부의 균형을 유지하기 위한 수많은 규칙들과 금기와 처벌이 존재하는 어떤 사회의 조감도, 또는 인간 존재에 대한 베케트의 세기말적 비전일지 모른다.

이러한 수직적이고 수평적인 의미 구조를 배제하고 나면, 이제 『소멸자』의 글쓰기에 대한 문제를 언급할 수 있을 것이다. 과연 이 작품의 서술자는 누구인가? 그리고 그가 위치하는 곳은 원통의 내부인가, 아니면 외부인가? 만일 이 원통이 어떤 소우주에 대한 알레고리가 아니라 일종의 실험실과 같은 관찰의 공간이라면, 『소멸자』의 세계는 결국 관찰자의 입장에서 재구성된, 또는 허구화된, 관찰 대상들의 이야기가 아닐까? 그렇다면, 이 관찰 기록은 과연 얼마나 객관적인 것일까? 원통에 대한 모든 정보들을 제공하는 서술자는 작품 전체를 통해 자신의 존재와 위치를 직접적으로 드러내지 않는다. 논리적으로 추론해볼 때, 그가 원통 안에 존재하는 약 200명 중 하나가 아니라는 것은 분명해 보인다. 원통의 내부에 있는 한 그들 중 누구도 그

외형과 구조를 총체적으로 파악할 수는 없기 때문이다. 원통의 지형과 환경뿐 아니라 인물들의 상태까지도 세세하게 파악하고 있는 이 서술자의 시선은 도처에 존재할 수 있고(omniprésent) 전지전능(omnipotence)한 것처럼 보인다. 이러한 시선-관찰자는, 마치 어떤 과학적 실험에 대한 보고서를 작성하듯 "모든 데이터들과 명확한 사실들"의 전달을 전면에 내세운다. 원통 안의 모든 것들에 정확한 숫자를 부여하려는 그의 노력은 이러한 객관성에 대한 집착을 잘 보여준다. 5도에서 25도 사이를 8초 안에 계속 오가는 온도, 그리고 "하나의 동일한 스위치에 연결되기라도 한 듯" 간헐적으로 갑자기 동시에 멈추는 빛과 온도, 최대 10초간 지속되는 정지 상태 후에 다시 가동되는 움직임 같은 것들. 과학적 실험에서 빛과 온도가 차지하는 절대적 중요성을 감안한다면, 원통은 관찰자가 조성해놓은 일종의 실험실과 같은 성격을 지닌다고 할 수 있으며, 이때 그의 글쓰기는 자신의 실험 대상들에 대한 어떤 시뮬레이션의 기록이 된다. 그렇다면, 이 실험의 목적은 무엇인가? 어쩌면 그는, 원통이라는 환경 속에 살아가는 일련의 소그룹이 보여주는 몇 가지 유형의 탐색에, 또는 그것의 포기에, 이름과 의미를 부여하려는 것이 아닐까? 오랜 기간 동안 지켜본 끝에 "그들이 무엇을 찾건 간에 그것은 아니"라는 사실을 알고 있음에도 불구하고, "어둠"과 "0도"와 "침묵"만이 남게 되는 "원통의 마지막 상황"을, 실험실의 폐쇄를 유보하고 있는 것은 아닐까? 결국, 그가 바로 그들을 소멸시킬 수도, 해방시킬 수도 있는 "소멸자"가 아닐까? 이러한 질문들이 다분히 가설에 머문다 하더라도, 관찰자의 시선이 관찰 대상이 아닌 자기 자신을 향하는 순간들은 분명 존재한다. 그것은 그가 자신의 글쓰기에 대해, 의미에 대해, 언어 자체에 대해 질문을 할 때이다. 관찰자가 자신의 진술에 대해 확신하지 못할 때, 내용의 객관성은 흔들릴 수밖에 없을 것이다. 그리고 관찰자 스스로가 "모든 것이 말해지지는 않았으며 결코 그럴 수도 없을 것이다"라고 고백하듯, 그는 자신의 한계에 대해 정확히 인식하고 있다. 그렇다면 그는 이제, 사실과 허구 사이에서, 관찰과 개입 사이에서 원통의 세계를 재구성하는, 서술자가 된다. 자신의 관찰 대상과 거리를 두고 객관적으로 기록하고자 했던 노력에도 불구하고, 정확한 말을 찾지 못한, 애초에 찾는 것이 불가능했던 그는, 원통의 밖에서 글쓰기라는 또 다른 실험을 하고 있는 것이다. 이때 그는, 실험의 주체이자 대상이 된다. 이렇듯 『소멸자』의 관건이 관찰자의 객관적 시선으로부터 서술자의 글쓰기의 문제로 옮겨가는 과정에서, 우리는 필연적으로 작가 베케트와 직면할 수밖에 없다. 자신의 서술 행위 자체에 대해 문제를 제기하는 서술자는 결국 작가일 수밖에 없기 때문이다. 앞서 언급했듯, 베케트는 이미 소설 3부작, 특히 『이름 붙일 수 없는 자』를 통해 담론의 주체 자리를 놓고 작가를 포함하여 서술자-인물-목소리가 치열하게 경쟁하는 양상을 담아낸 바 있었다. 소설적 글쓰기의 극한에까지 간 그 싸움 끝에, 베케트는 어쩌면 허구(fiction)에 대한 환상과 완전히 단절했는지도 모른다. 최소한 그 안에 들어가지 않기로 결정했을 수도 있다. 그래서 그는, 자신이 지금까지 탄생시킨 피조물들을 모아놓은 어떤 소우주를 구상하고 관찰하는 쪽을 택했을 수도 있다. 그 안에는 와트, 몰로이, 모랑, 에스트라공과 블라디미르, 카메라의 "눈" 같은 "탐색자들", 함, 위니, 말론, "이름 붙일 수 없는 자" 같은 "정주자들", 그리고 럭키나 나그, 넬 같은 "굴복자들"이 존재할 것이다. 그들은 이제 말과 주체성을 잃어버린 "몸들"로 존재할 뿐이지만, 그들의 이미지는 여전히 남아서 작가의 서술 행위를 다시 이끌어낸다. 그들의 작은 움직임, "그 희미한 숨소리들"이 남아 있는 한, 베케트의 글쓰기 실험실의 빛과 온도는, 결코 완전한 어둠과 "제로"가 되지 않을 것이다. 이렇게 『소멸자』는 베케트 문학의 소우주가 된다.

6. 다시 끝내기, 더 잘 실패하기

베케트의 문학은 언제나 불가능에서 시작되고, 그 불가능을 확인하며 끝난다. "나"라고 말할 수도 없고, 표현해낼 언어도 이야기도 없고, 생각과 상상력조차 죽은 이 "두개골"은, 스스로 소멸되기만을, 그저 모든 게 끝나기만을 바랄 수 있을 뿐이다. 그러나 끝을 기다리는 동안, 최소한으로 남겨진, 완전히 죽지는 않은 "몸"의 움직임들이, 무언가를 보고, 듣고, 중얼거리고,

상상하고, 완전한 침묵과 어둠을 부정한다. "나는 몇 번이나 말해왔던가. (…) 이제 끝이다, 그리고 끝이 아니었다, 하지만 끝은 이제 더 이상 그리 멀리 있을 수는 없다"(「버려진 한 작품으로부터」).[14] 따라서, "만일 어떤 끝이 있어야 한다면 절대적으로 그래야만 한다면"(「다시 끝내기 위하여」), 다시 시작해야 한다. 다시 끝내기 위하여. 마치 형벌처럼 되풀이되는 이러한 문학적 고행은, 베케트 자신의 표현대로 "애초부터 지는 싸움"이다. 그는 실패할 것이다. 그러나, 바로 그렇기 때문에, 그는 계속 글을 쓸 것이다. 더 잘 실패하기 위하여. 존재와, 생각과, 표현의 모든 가능성들을 소진한 이후, 베케트가 말년에 자신의 것으로 받아들인 글쓰기는 이렇게 요약된다. "다시 시도하기. 다시 실패하기. 더 잘 실패하기."[15] 베케트의 "실패"는, 어쩌면 문학적 글쓰기의 한계를 언제나 더 깊고 더 먼 곳까지 밀고 나가고자 했던 작가가 감수해야 하는 필연적인 결과일 것이다. 베케트에 따르면, "예술가란 다른 누구도 감히 하지 못할 만큼 실패하는 존재"[16]이기 때문이다. 그리고 그 실패로 인해, 우리는 그 어떤 작가도 보여주지 못했던 존재의 심연을, 그리고 그것을 힘겹게 담아내는 언어의 맨몸과 "죽은-머리"의 상상력을 목격하게 된다.

7. 어떤 용기, 또는 지는 싸움

한 생소한 출판사의 편집자들과 어떤 베케트 전공자의 첫 만남. 베케트 선집, 그것도 주로 소설들(!)의 번역 출판을 기획한다는 그들에게, 그가 대뜸 묻는다. 이 시대에, 이른바 인문학과 출판의 위기인 시대에, 왜 베케트인가? 그들이 대답한다. 그럴수록 의미 있는 작업이며, 베케트라는 작가의 진면목을 알리는 건 꼭 필요한 일이라고. 전공자를 민망하게 만든 그 용기는 어쩌면 그가 누군가에게 듣고 싶었던 대답이었을 것이다. 그래서 그는 기꺼이 번역자가 되어, 한동안 덮어두었던 베케트의 책들을 다시 꺼낸다. 그리고 당혹스러움. 그가 알았던, 안다고 자부하던 베케트의 텍스트가, 이렇게 낯선 것이었던가. 베케트가 자신의 작품들을 영어로도 다시 쓴 건 번역자에겐 그나마 다행스러운 일이었을까? 그는 프랑스어판과 영어판 사이에서, 두 언어 사이를 오가며, 가장 근사치의 말과 의미를 찾는다. 베케트의 번역은, 때론 암호를 해독하는 일이 된다. "지는 싸움"이 될 줄은 애초에 각오했지만, 그건 작가의 창작에 속한 영역이고, 번역이라면 가능한 한 덜 실패해야 하는 작업이 아닌가. 그래서 어떻게든 가독성 있는 한국어로 옮겨보고자 한다. 숨 막히는 글자들 사이로 쉼표가 나오면 번역도 한 호흡 쉬고, 인색하기 짝이 없는 마침표가 나올 땐 반갑기만 하다. 어쨌거나 긴 시간의 싸움 끝에 주어진 텍스트들의 번역이 마무리된다. 베케트의 언어와 더 싸웠어야 했을 것이다. 그래서 어쩌면 "더 잘 실패"할 수도 있었을 것이다. 어지럽게 옮겨진 한국어들 사이로, 그 너머로, 베케트의 목소리가, 그가 담아내고자 했던 어떤 의미들의 깊은 울림이 다소나마 전해질 수 있기만을, 조심스럽게 바랄 뿐이다.

임수현

1. 사뮈엘 베케트, 『고도를 기다리며』, 오증자 옮김, 서울, 민음사, 2010, 69–72면.

2. 「베케트와의 인터뷰(An Interview with Beckett)」(이스라엘 센커[Israel Shenker], 『뉴욕 타임스[New York Times]』, 1956년 5월 6일 자), 피에르 멜레즈(Pierre Mélèse)·사뮈엘 베케트, 『세기의 연극(Théâtre de tous les temps)』, 파리, 세게르(Seghers), 1966, p. 137.

3. 사뮈엘 베케트, 『이름 붙일 수 없는 자(L'Innommable)』, 미뉘, 1957, p. 7. 번역문은 『이름 붙일 수 없는 자』, 전승화 옮김, 서울, 워크룸 프레스, 2016, 9면 인용

4. 베케트, 『말론 죽다(Malone meurt)』, 미뉘, 1951, p. 183.

5. 베케트, 『이름 붙일 수 없는 자』, p. 179. 번역문은 『이름 붙일 수 없는 자』, 전승화 옮김, 서울, 워크룸 프레스, 2016, 166면 인용

6. 베케트, 『세 편의 대화(Trois dialogues)』, 미뉘, 1998, p. 14.

7. 베케트, 『산문 전집 1929–89(The Complete Short Prose, 1929–1989)』, 뉴욕, 그로브 출판사(Grove Press), 1995, p. 163.

8. "베케트의 방법론은 정확히 그 반대이다. 그는 주체를 빼거나 유예시킨 다음, 그 상태에서 존재에게 무엇이 도래하는지 보고자 한다. 예를 들어 말하기가 배제된 보기의 가설, 보기가 배제된 말하기의 가설, 말의 소멸이라는 가설 등이 만들어질 것이다. 그러면 우리는, 바로 그 순간 더 잘 보이는 것의 존재를 확인할 수 있을 것이다." 알랭 바디우, 『베케트에 대하여』, 서용순·임수현 옮김, 민음사, 2013, 233–234면.

9. 베케트, 『다시 끝내기 위하여 그리고 다른 실패작들(Pour finir encore et autres foirades)』, 미뉘, 2004, p. 20.

10. 베케트, 같은 책, p. 22.

11. 자크 라캉(Jacques Lacan), 『저술들(Écrits)』, 파리, 쇠유(Seuil), 1966, p. 517.

12. 알퐁스 드 라마르틴(Alphonse de Lamartine), 「고독(L'Isolement)」, 『시적 명상(Méditations poétiques)』, 파리, 아셰트(Hachette), 1922, p. 5.

13. 단테 알리기에리, 『신곡』, 허인 옮김, 서울, 동서문화사, 2007, 332–339면 참조.

14. 베케트, 『산문 전집 1929–89』, p. 160.

15. 베케트, 『최악을 향하여(Cap au pire)』, 미뉘, p. 8.

16. 베케트, 『세 편의 대화』, p. 29.

작가 연보*

1906년 — 4월 13일 성금요일, 아일랜드 더블린 남쪽 마을 폭스록의 집 '쿨드리나(Cooldrinagh)'에서 신교도인 건축 측량사 윌리엄(William)과 그 아내 메이(May)의 둘째 아들 새뮤얼 바클레이 베킷[베케트](Samuel Barclay Beckett) 출생. 형 프랭크 에드워드(Frank Edward)와는 네 살 터울이었다.

1911–4년 — 더블린의 러퍼드스타운에서 독일인 얼스너(Elsner) 자매의 유치원에 다닌다.

1915년 — 얼스포트 학교에 입학해 프랑스어를 배운다.

1920–2년 — 포토라 왕립 학교에 다닌다. 수영, 크리켓, 테니스 등 운동에 재능을 보인다.

1923년 — 10월 1일, 더블린의 트리니티 대학교에 입학한다. 1927년 졸업할 때까지 아서 애스턴 루스(Arthur Aston Luce)에게서 버클리와 데카르트의 철학을, 토머스 러드모즈브라운(Thomas Rudmose-Brown)에게 프랑스 문학을, 비앙카 에스포지토(Bianca Esposito)에게 이탈리아 문학을 배우며 단테에 심취하게 된다. 연극에 경도되어 더블린의 아베이 극장과 런던의 퀸스 극장을 드나든다.

1926년 — 8–9월, 프랑스를 처음 방문한다. 이해 말 트리니티 대학교에 강사 자격으로 와 있던 작가 알프레드 페롱(Alfred Péron)을 알게 된다.

---

* 이 연보는 베케트 연구자이자 번역가인 에디트 푸르니에(Edith Fournier)가 정리한 연보(파리, 미뉘, leseditionsdeminuit.fr/auteur-Beckett_Samuel-1377-1-1-0-1.html)와 런던 페이버 앤드 페이버의 베케트 선집에 실린 커샌드라 넬슨(Cassandra Nelson)이 정리한 연보, C. J. 애컬리(C. J. Ackerley)와 S. E. 곤타스키(S. E. Gontarski)가 함께 쓴 『그로브판 사뮈엘 베케트 안내서(The Grove Companion to Samuel Beckett)』(뉴욕, 그로브, 1996), 마리클로드 위베르(Marie-Claude Hubert)가 엮은 『베케트 사전(Dictionnaire Beckett)』(파리, 오노레 샹피옹[Honoré Champion], 2011), 제임스 놀슨(James Knowlson)의 베케트 전기 『명성으로 저주받은: 사뮈엘 베케트의 삶(Damned to Fame: The Life of Samuel Beckett)』(뉴욕, 그로브, 1996), 『사뮈엘 베케트의 편지(The Letters of Samuel Beckett)』 1–3권(케임브리지, 케임브리지 대학교 출판부[Cambridge University Press], 2009–14) 등을 참조해 작성되었다.

베케트 작품명과 관련해, 영어로 출간되었거나 공연되었을 경우 영어 제목을, 프랑스어였을 경우 프랑스어 제목을, 독일어였을 경우 독일어 제목을 병기했다. 각 작품명 번역은 되도록 통일하되 저자나 번역가가 의도적으로 다르게 옮겼다고 판단될 경우 한국어로도 다르게 옮겼다. — 편집자

1927년 — 4–8월, 이탈리아의 피렌체와 베네치아를 여행하며 여러 미술관과 성당을 방문한다. 12월 8일, 문학사 학위를 취득한다(프랑스어·이탈리아어, 수석 졸업).

1928년 — 1–6월, 벨파스트의 캠벨 대학교에서 프랑스어와 영어를 가르친다. 11월 1일, 파리의 고등 사범학교 영어 강사로 부임한다(2년 계약). 여기서 다시 알프레드 페롱을, 그리고 전임자인 아일랜드 시인 토머스 맥그리비(Thomas MacGreevy)를 만나게 된다. 맥그리비는 파리에 머물던 아일랜드 작가이자 베케트에게 큰 영향을 미치게 되는 제임스 조이스(James Joyce)를, 또한 파리의 영어권 비평가와 출판업자들, 즉 문예지 『트랜지션(transition)』을 이끌던 마리아(Maria)와 유진 졸라스(Eugene Jolas), 파리의 영어 서점 셰익스피어 앤드 컴퍼니(Shakespeare and Company) 운영자 실비아 비치(Sylvia Beach) 등을 소개해 준다.

1929년 — 3월 23일, 전해 12월 조이스가 제안해 쓰게 된 베케트의 첫 비평문 「단테… 브루노. 비코··조이스(Dante...Bruno. Vico..Joyce)」를 완성한다. 이 비평문은 『'진행 중인 작품'을 진행시키기 위하여 그가 실행한 일에 대한 우리의 '과장된' 검토(Our Exagmination Round His Factification for Incamination of Work in Progress)』(파리, 셰익스피어 앤드 컴퍼니, 1929)의 첫 글로 실린다. 6월, 첫 비평문 「단테… 브루노. 비코··조이스」와 첫 단편 「승천(Assumption)」이 『트랜지션』에 실린다. 12월, 조이스가 훗날 『피네건의 경야(Finnegans Wake)』에 포함될, 『트랜지션』의 '진행 중인 작품' 섹션에 연재되던 글 「애나 리비아 플루라벨(Anna Livia Plurabelle)」의 프랑스어 번역 작업을 제안한다. 베케트는 알프레드 페롱과 함께 이 글을 옮기기 시작한다. 이해에 여섯 살 연상의 피아니스트이자 문학과 연극을 애호했던, 1961년 그와 결혼하게 되는 쉬잔 데슈보뒤메닐(Suzanne Dechevaux-Dumesnil)을 테니스 클럽에서 처음 만난다.

1930년 — 3월, 시 「훗날을 위해(For Future Reference)」가 『트랜지션』에 실린다. 7월, 첫 시집 『호로스코프(Whoroscope)』가 낸시 커나드(Nancy Cunard)가 이끄는 파리의 디 아워즈 출판사(The Hours Press)에서 출간된다(책에 실린 동명의 장시는 출판사가 주최한 시문학상에 마감일인 6월 15일 응모해 다음 날 1등으로 선정된 것이었다). 맥그리비 등의 주선으로 마르셀 프루스트(Marcel Proust)에 관한 에세이 청탁을 받아들이고, 8월 25일 쓰기 시작해 9월 17일 런던의 출판사 채토 앤드 윈더스(Chatto and Windus)에 원고를 전달한다. 10월 1일, 트리니티 대학교 프랑스어 강사로 부임한다(2년 계약). 11월 중순, 트리니티 대학교의 현대 언어 연구회에서 장 뒤 샤(Jean du Chas)라는 이명으로 '집중주의(Le Concentrisme)'에 대한 글을 발표한다.

1931년 — 3월 5일, 채토 앤드 윈더스의 '돌핀 북스(Dolphin Books)' 시리즈에서 『프루스트(Proust)』가 출간된다. 5월 말, (첫 장편소설의 일부가 될) 「독일 코미디(German Comedy)」를 쓰기 시작한다. 9월에 시 「알바(Alba)」가 『더블린 매거진(Dublin Magazine)』에 실린다. 시 네 편이 『더 유러피언 캐러밴(The European Caravan)』에 게재된다. 12월 8일, 문학 석사 학위를 취득한다.

1932년 — 트리니티 대학교 강사직을 사임한다. 2월, 파리로 간다. 3월, 『트랜지션』에 공동 선언문 「시는 수직이다(Poetry is Vertical)」와 (첫 장편소설의 일부가 될) 단편 「앉아 있는 것과 조용히 하는 것(Sedendo et Quiescendo)」을 발표한다. 4월, 시 「텍스트(Text)」가 『더 뉴 리뷰(The New Review)』에 실린다. 7–8월, 런던을 방문해 몇몇 출판사에 첫 장편소설 『그저 그런 여인들에 대한 꿈(Dream of Fair to Middling Women)』(사후 출간)과 시들의 출간 가능성을 타진하지만 거절당하고, 8월 말 더블린으로 돌아간다. 12월, 단편 「단테와 바닷가재(Dante and the Lobster)」가 파리의 『디스 쿼터(This Quarter)』에 게재된다(이 단편은 1934년 첫 단편집의 첫 작품으로 실린다).

1933년 — 2월, 이듬해 출간될 흑인문학 선집 번역 완료. 강단에 다시 서지 않기로 결심한다. 6월 26일, 아버지 윌리엄이 심장마비로 사망한다. 9월, 첫 단편집에 실릴 작품 10편을 정리해 채토 앤드 윈더스에 보낸다.

1934년 — 1월, 런던으로 이사한다. 런던 태비스톡 클리닉의 윌프레드 루프레히트 비온(Wilfred Ruprecht Bion)에게 정신분석을 받기 시작한다. 2월 15일, 시 「집으로 가지, 올가(Home Olga)」가 『컨템포(Contempo)』에 실린다. 2월 16일, 낸시 커나드가 편집하고 베케트가 프랑스어 작품 19편을 영어로 번역한 『흑인문학: 낸시 커나드가 엮은 선집 1931–3(Negro: Anthology Made by Nancy Cunard 1931–1933)』이 런던의 위샤트(Wishart & Co.)에서 출간된다. 5월 24일, 첫 단편집 『발길질보다 따끔함(More Pricks than Kicks)』이 채토 앤드 윈더스에서 출간된다. 7월, 시 「금언(Gnome)」이 『더블린 매거진』에 실린다. 8월, 단편 「천 번에 한 번(A Case in a Thousand)」이 『더 북맨(The Bookman)』에 실린다.

1935년 — 7월 말, 어머니와 함께 영국을 여행한다. 8월 20일, 장편소설 『머피(Murphy)』를 영어로 쓰기 시작한다. 10월, 태비스톡 인스티튜트에서 열린 융의 세 번째 강의에 윌프레드 비온과 함께 참석한다. 12월, 영어 시 13편이 수록된 시집 『에코의 뼈들 그리고 다른 침전물들(Echo's Bones and Other Precipitates)』이 파리의 유로파 출판사(Europa Press)에서 출간된다. 더블린으로 돌아간다.

1936년 — 6월, 『머피』 탈고. 9월 말 독일로 떠나 그곳에서 7개월간 머문다. 10월, 시 「카스칸도(Cascando)」가 『더블린 매거진』에 실린다.

1937년 — 4월, 더블린으로 돌아온다. 새뮤얼 존슨(Samuel Johnson)과 그 가족을 다룬 영어 희곡 「인간의 소망들(Human Wishes)」을 쓰기 시작한다. 10월 중순, 더블린을 떠나 파리에 정착해 우선 몽파르나스 근처 호텔에 머문다.

1938년 — 1월 6일, 몽파르나스에서 한 포주에게 이유 없이 칼로 가슴을 찔려 병원에 입원한다. 쉬잔 데슈보뒤메닐이 그를 방문하고, 이들은 곧 연인이 된다. 3월 7일, 『머피』가 런던의 라우틀리지 앤드 선스(Routledge and Sons)에서 장편소설로는 처음 출간된다. 4월 초, 프랑스어로 시를 쓰기 시작하고, 이달 중순부터 파리 15구의 파보리트 가 6번지 아파트에 살기 시작한다. 5월, 시 「판돈(Ooftish)」이 『트랜지션』에 실린다.

1939년 — 알프레드 페롱과 함께 『머피』를 프랑스어로 번역한다. 7–8월, 더블린에 잠시 돌아가 어머니를 만난다. 9월 3일, 영국과 프랑스가 독일과의 전쟁을 선언하자 이튿날 파리로 돌아온다.

1940년 — 6월, 프랑스가 독일에 함락되자 쉬잔과 함께 제임스 조이스의 가족이 머물고 있던 비시로 떠난다. 이어 툴루즈, 카오르, 아르카숑으로 이동한다. 아르카숑에서 뒤샹을 만나 체스를 두거나 『머피』를 번역하며 지낸다. 9월, 파리로 돌아온다. 페롱을 만나 다시 함께 『머피』를 프랑스어로 옮기는 한편, 이듬해 그가 속해 있던 레지스탕스 조직에 합류한다.

1941년 — 1월 13일, 제임스 조이스가 취리히에서 사망한다. 2월 11일, 소설 『와트(Watt)』를 영어로 쓰기 시작한다. 9월 1일, 레지스탕스 조직 글로리아 SMH에 가담해 각종 정보를 영어로 번역한다.

1942년 — 8월 16일, 페롱이 체포되자 게슈타포를 피해 쉬잔과 함께 떠난다. 9월 4일, 방브에 도착한다. 10월 6일, 프랑스 남부 보클뤼즈의 루시용에 도착한다. 『와트』를 계속 집필한다.

1944년 — 8월 25일, 파리 해방. 10월 12일, 파리로 돌아온다. 12월 28일, 『와트』 완성.

1945년 — 1월, M. A. I. 갤러리와 마그 갤러리에서 각기 열린 네덜란드 화가 판 펠더(van Velde) 형제의 전시회를 계기로 비평 「판 펠더 형제의 회화 혹은 세계와 바지(La Peinture des van Velde ou Le Monde et le pantalon)」를 쓴다. 3월 30일, 무공훈장을 받는다. 4월 30일 혹은 5월 1일 페롱이 사망한다. 6월 9일, 시 「디에프 193?(Dieppe 193?)」[sic]이 『디 아이리시 타임스(The Irish Times)』에 실린다. 8–12월, 아일랜드 적십자사가 세운 노르망디의 생로 군인병원에서 창고관리인 겸 통역사로 자원해 일하며 글을 쓴다. 다시 파리로 돌아온다.

1946년 — 1월, 시 「생로(Saint-Lô)」가 『디 아이리시 타임스』에 실린다. 첫 프랑스어 단편 「계속(Suite)」(제목은 훗날 '끝[La Fin]'으로 바뀜)이 『레 탕 모데른(Les Temps modernes)』 7월 호에 실린다. 7–10월, 첫 프랑스어 장편소설 『메르시에와 카미에(Mercier et Camier)』를 쓴다. 10월, 전해에 쓴 판 펠더 형제 관련

비평이 『카이에 다르(Cahiers d'Art)』에 실린다. 11월, 전쟁 전에 쓴 열두 편의 시 「시 38–39(Poèmes 38–39)」가 『레 탕 모데른』에 실린다. 10월에 단편 「추방된 자(L'Expulsé)」를, 10월 28일부터 11월 12일까지 단편 「첫사랑(Premier amour)」을, 12월 23일부터 단편 「진정제(Le Calmant)」를 프랑스어로 쓴다.

1947년 — 1–2월, 첫 프랑스어 희곡 「엘레우테리아(Eleutheria)」를 쓴다(사후 출간). 4월, 『머피』의 첫 번째 프랑스어판이 파리의 보르다스(Bordas)에서 출간된다. 5월 2일부터 11월 1일까지 『몰로이(Molloy)』를 프랑스어로 쓴다. 11월 27일부터 이듬해 5월 30일까지 『말론 죽다(Malone meurt)』를 프랑스어로 쓴다.

1948년 — 예술비평가 조르주 뒤튀(Georges Duthuit)가 주선해 주는 번역 작업에 힘쓴다. 3월 8–27일 뉴욕의 쿠츠 갤러리에서 열린 판 펠더 형제의 전시 초청장에 실릴 글을 쓴다. 5월, 판 펠더 형제에 대한 글 「장애의 화가들(Peintres de l'empêchement)」이 마그 갤러리에서 발행하던 미술 평론지 『데리에르 르 미르와르(Derrière le Miroir)』에 실린다. 6월, 「세 편의 시들(Three Poems)」이 『트랜지션』에 실린다. 10월 9일부터 이듬해 1월 29일까지 희곡 「고도를 기다리며(En attendant Godot)」를 프랑스어로 쓴다.

1949년 — 3월 29일, 위시쉬르마른의 한 농장에서 『이름 붙일 수 없는 자(L'Innommable)』를 프랑스어로 쓰기 시작한다. 4월, 「세 편의 시들」이 『포이트리 아일랜드(Poetry Ireland)』에 실린다. 6월, 미술에 대해 뒤튀와 나눴던 대화 중 화가 피에르 탈코트(Pierre Tal-Coat), 앙드레 마송(André Masson), 브람 판 펠더(Bram van Velde)에 관한 내용을 「세 편의 대화(Three Dialogues)」로 정리하기 시작한다. 12월, 「세 편의 대화」가 『트랜지션』에 실린다.

1950년 — 1월, 유네스코의 의뢰로 『멕시코 시 선집(Anthology of Mexican Poetry)』(옥타비오 파스[Octavio Paz] 엮음)을 번역하게 된다. 이달 『이름 붙일 수 없는 자』를 완성한다. 8월 25일, 어머니 메이 사망. 10월 중순, 프랑스 미뉘 출판사(Les Éditions de Minuit) 대표 제롬 랭동(Jérôme Lindon)이 쉬잔이 전한 『몰로이』의 원고를 읽고 이를 출간하기로 한다. 11월 중순, 미뉘와 『몰로이』, 『말론 죽다』, 『이름 붙일 수 없는 자』 등 세 편의 소설 출간 계약서를 교환한다. 12월 24일, 「아무것도 아닌 텍스트들(Textes pour rien)」 1편을 프랑스어로 쓴다.

1951년 — 3월 12일, 『몰로이』가 미뉘에서 출간된다. 11월, 『말론 죽다』가 미뉘에서 출간된다. 12월 20일, 「아무것도 아닌 텍스트들」을 총 13편으로 완성한다.

1952년 — 가을, 위시쉬르마른에 집을 짓기 시작한다. 베케트가 애호하는 집필 장소가 될 이 집은 이듬해 1월 완공된다. 10월 17일, 『고도를 기다리며』가 미뉘에서 출간된다.

1953년 — 1월 5일, 「고도를 기다리며」가 파리 몽파르나스 라스파유 가의 바빌론 극장에서 초연된다(로제 블랭[Roger Blin] 연출, 피에르 라투르[Pierre Latour], 루시앵 랭부르[Lucien Raimbourg], 장 마르탱[Jean Martin], 로제 블랭 출연). 5월 20일, 『이름 붙일 수 없는 자』가 미뉘에서 출간된다. 7월 말, 패트릭 바울즈(Patrick Bowles)와 함께 『몰로이』를 영어로 옮기기 시작한다. 8월 31일, 『와트』 영어판이 파리의 올랭피아 출판사(Olympia Press)에서 출간된다. 9월 8일, 「고도를 기다리며(Warten auf Godot)」가 베를린 슈로스파크 극장에서 공연된다. 9월 25일, 「고도를 기다리며」가 파리 바빌론 극장에서 다시 공연된다. 10월 말, 다니엘 마우로크(Daniel Mauroc)와 함께 『와트』를 프랑스어로 옮기기 시작한다. 11월 16일부터 12월 12일까지 바빌론 극장이 제작한 「고도를 기다리며」가 순회 공연된다(독일, 이탈리아, 프랑스). 한편 「고도를 기다리며」의 영어 판권 문의가 쇄도하자 베케트는 이를 직접 영어로 옮기기 시작한다.

1954년 — 1월, 미뉘의 『메르시에와 카미에』 출간 제안을 거절한다. 6월, 『머피』의 두 번째 프랑스어판이 미뉘에서 출간된다. 7월, 『말론 죽다』를 영어로 옮기기 시작한다. 8월 말, 『고도를 기다리며(Waiting for Godot)』 영어판이 뉴욕의 그로브 출판사(Grove Press)에서 출간된다. 9월 13일, 형 프랭크가 폐암으로 사망한다. 10월 15일, 『와트』가 아일랜드에서 발매 금지된다. 이해에 희곡 「마지막 승부(Fin de Partie)」를 프랑스어로 쓰기 시작해 1956년에 완성하게 된다. 이해 또는 이듬해에 「포기한 작업으로부터(From an Abandoned Work)」를 영어로 쓴다.

1955년 — 3월, 『몰로이』 영어판이 파리의 올랭피아에서 출간된다. 8월, 『몰로이』 영어판이 뉴욕의 그로브에서 출간된다. 8월 3일, 「고도를 기다리며」의 첫 영어 공연이 런던의 아츠 시어터 클럽에서 열린다(피터 홀[Peter Hall] 연출). 8월 18일, 『말론 죽다』 영어 번역을 마치고, 발레 댄서이자 안무가, 배우였던 친구 데릭 멘델(Deryk Mendel)을 위해 「무언극 I(Acte sans paroles I)」을 쓴다. 9월 12일, 「고도를 기다리며」가 런던의 크라이테리언 극장에서 공연된다. 10월 28일, 「고도를 기다리며」가 더블린의 파이크 극장에서 공연된다. 11월 15일, 「추방된 자」, 「진정제」, 「끝」 등 단편 세 편과 13편의 「아무것도 아닌 텍스트들」이 포함된 『단편들 그리고 아무것도 아닌 텍스트들(Nouvelles et textes pour rien)』이 미뉘에서 출간된다. 12월 8일, 런던에서 열린 「고도를 기다리며」 100회 기념 공연에 참석한다.

1956년 — 1월 3일, 「고도를 기다리며」가 미국 마이애미의 코코넛 그로브 극장에서 공연된다(앨런 슈나이더[Alan Schneider] 연출). 1월 13일, 『몰로이』가 아일랜드에서 발매 금지된다. 2월 10일, 『고도를 기다리며』가 런던의 페이버 앤드 페이버(Faber and Faber)에서 출간된다. 2월 27일, 『이름 붙일 수 없는 자』를 영어로 옮기기 시작한다. 4월 19일, 「고도를 기다리며」가 뉴욕의 존 골든 극장에서 공연된다(허버트 버고프[Herbert Berghof] 연출). 6월, 「포기한 작업으로부터」가 더블린 주간지 『트리니티 뉴스(Trinity News)』에 실린다. 6월 14일부터 9월 23일까지 「고도를 기다리며」가 파리의 에베르토 극장에서 공연된다. 7월, BBC의 요청으로 첫 라디오극 「넘어지는 모든 자들(All That Fall)」을 영어로 쓰기 시작해 9월 말 완성한다. 10월, 『말론 죽다(Malone Dies)』 영어판이 그로브에서 출간된다. 12월, 희곡 「으스름(The Gloaming)」(제목은 훗날 '연극용 초안 I[Rough for Theatre I]'로 바뀜)을 쓰기 시작한다.

1957년 — 1월 13일, 「넘어지는 모든 자들」이 BBC 3프로그램에서 처음 방송된다. 1월 말 또는 2월 초, 『마지막 승부/무언극(Fin de partie *suivi de* Acte sans paroles)』이 미뉘에서 출간된다. 3월 15일, 『머피』가 그로브에서 출간된다. 4월 3일, 「마지막 승부」가 런던의 로열코트극장에서 프랑스어로 공연되고(로제 블랭 연출, 장 마르탱 주연), 이달 26일 파리의 스튜디오 데 샹젤리제 무대에도 오른다. 베케트는 8월 중순까지 이 작품을 영어로 옮긴다. 8월 24일, 데릭 멘델을 위해 두 번째 『무언극 II(Acte sans paroles II)』를 완성한다. 8월 30일, 『넘어지는 모든 자들』이 페이버에서 출간된다. 로베르 팽제(Robert Pinget)가 베케트와 협업해 프랑스어로 옮긴 「넘어지는 모든 자들(Tous ceux qui tombent)」이 파리의 문학잡지 『레 레트르 누벨(Les Lettres nouvelles)』에 실린다. 「포기한 작업으로부터」가 이해 창간된 뉴욕 그로브 출판사의 문학잡지 『에버그린 리뷰(Evergreen Review)』 1권 3호에 실린다. 10월 말, 『넘어지는 모든 자들』이 미뉘에서 출간된다. 12월 14일, 「포기한 작업으로부터」가 BBC 3프로그램에서 방송된다(패트릭 머기[Patrick Magee] 낭독).

1958년 — 1월 28일, 「마지막 승부」의 영어 버전인 「마지막 승부(Endgame)」 공연이 뉴욕의 체리 레인 극장에서 초연된다(앨런 슈나이더 연출). 2월 23일, 『이름 붙일 수 없는 자』의 영어 번역 초안을 완성한다. 3월 6일, 「마지막 승부(Endspiel)」가 빈의 플라이슈마르크트 극장에서 공연된다(로제 블랭 연출). 3월 7일, 『말론 죽다』 영어판이 런던의 존 콜더(John Calder)에서 출간된다. 3월 17일, 희곡 「크래프의 마지막 테이프(Krapp's Last Tape)」를 영어로 완성한다. 4월 25일, 『마지막 승부/무언극 I(Endgame, Followed by Act Without Words I)』 영어판이 페이버에서 출간된다. 이해에 『포기한 작업으로부터』도 페이버에서 출간된다. 7월, 희곡 「크래프의 마지막 테이프」가 『에버그린 리뷰』에 실린다. 8월, 훗날 「연극용 초안 II[Rough for Theatre II]」가 되는 글을 쓴다. 9월 29일, 『이름 붙일 수 없는 자(The Unnamable)』 영어판이 그로브에서 출간된다. 10월 28일, 「크래프의 마지막 테이프」가 런던의 로열코트극장에서 초연된다(도널드 맥위니[Donald McWhinnie] 연출, 패트릭 머기 주연). 11월 1일, 「아무것도 아닌 텍스트들」 중 1편을 영어로 옮긴다. 12월, 1950년 옮겼던 『멕시코 시 선집』이 미국 블루밍턴의 인디애나 대학교 출판부(Indiana University Press)에서 출간된다. 12월 17일, 훗날 『그게 어떤지(Comment c'est)』의 일부가 되는 「핌(Pim)」을 쓰기 시작한다.

1959년 — 3월, 베케트와 피에르 레리스(Pierre Leyris)가 함께 「크래프의 마지막 테이프」를 프랑스어로 옮긴 「마지막 테이프(La Dernière bande)」가 『레 레트르 누벨』에 실린다. 6월 24일, 라디오극 「타다 남은 불씨들(Embers)」이 BBC 3프로그램에서 방송된다. 7월 2일, 트리니티 대학교에서 명예박사 학위를 받는다. 『몰로이』, 『말론 죽다』, 『이름 붙일 수 없는 자』가 한 권으로 묶여 10월에 파리의 올랭피아에서 『3부작(A Trilogy)』으로, 11월에 뉴욕의 그로브에서 『세 편의 소설(Three Novels)』로 출간된다. 11월, 「타다 남은 불씨들」이 『에버그린 리뷰』에 실린다. 같은 달 짧은 글 「영상(L'Image)」이 영국 문예지 『엑스(X)』에 실리고, 이후 이 글은 『그게 어떤지』로 발전한다. 12월 18일, 『크래프의 마지막 테이프 그리고 타다 남은 불씨들(Krapp's Last Tape and Embers)』이 페이버에서 출간된다. 팽제가 「타다 남은 불씨들」을 프랑스어로 옮긴 「타고 남은 재들(Cendres)」이 『레 레트르 누벨』에 실린다. 이해에 독일 비스바덴의 리메스 출판사(Limes Verlag)에서 베케트의 『시집(Gedichte)』이 출간된다.

1960년 — 1월, 『마지막 테이프/타고 남은 재들(La Dernière bande *suivi de* Cendres)』이 미뉘에서 출간된다. 1월 14일, 「크래프의 마지막 테이프」가 뉴욕의 프로방스타운 극장에서 공연된다(앨런 슈나이더 연출). 『그게 어떤지』 초고를 완성하고, 8월 초까지 퇴고한다. 3월 27일, 「마지막 테이프」가 파리의 레카미에 극장에서 공연된다(로제 블랭 연출, 르네자크 쇼파르[René-Jacques Chauffard] 주연). 3월 31일, 『세 편의 소설』이 존 콜더에서 출간된다. 4월 27일, 「고도를 기다리며」가 BBC 3프로그램에서 방송된다. 8월, 희곡 「행복한 날들(Happy Days)」을 영어로 쓰기 시작해 이듬해 1월 완성한다. 8월 23일, 로베르 팽제가 프랑스어로 쓴 라디오극 「크랭크(La Manivelle)」를 베케트가 영어로 번역한 「옛 노래(The Old Tune)」가 BBC 3프로그램에서 방송된다(바버라 브레이[Barbara Bray] 연출). 9월 말, 베케트의 번역 「옛 노래」가 함께 수록된 팽제의 『크랭크』가 미뉘에서 출간된다. 리처드 시버(Richard Seaver)와 함께 「추방된 자」를 영어로 옮긴다. 10월 말, 파리 14구 생자크 거리의 아파트로 이사한다. 이해에 『크래프의 마지막 테이프 그리고 다른 희곡들(Krapp's Last Tape, and Other Dramatic Pieces)』이 뉴욕 그로브에서 출간된다.

1961년 — 1월, 『그게 어떤지』가 미뉘에서 출간된다. 2월, 마르셀 미할로비치[Marcel Mihalovici]가 작곡한 가극 「크래프의 마지막 테이프」가 파리의 샤이요 극장과 독일의 빌레펠트에서 공연된다. 3월 25일, 영국 동남부 켄트의 포크스턴에서 쉬잔과 결혼한다. 파리로 돌아온 직후부터 6월 초까지 「행복한 날들」의 원고를 개작해 그로브에 송고한다. 4월 3일, 뉴욕의 WNTA TV에서 「고도를 기다리며」가 방송된다(앨런 슈나이더 연출). 5월 3일, 「고도를 기다리며」가 파리의 오데옹극장에서 공연된다. 5월 4일, 호르헤 루이스 보르헤스(Jorge Luis Borges)와 공동으로 국제 출판인상을 수상한다. 6월 26일, 「고도를 기다리며」가 BBC 텔레비전에서 방송된다(도널드 맥위니 연출). 7월 15일, 『그게 어떤지』를 영어로 옮기기 시작한다. 9월, 『행복한 날들』이 그로브에서 출간된다. 9월 17일, 「행복한 날들」이 뉴욕 체리 레인 극장에서 초연된다(앨런 슈나이더 연출). 11월 말, 라디오극 「말과 음악(Words and Music)」을 쓴다(존 베케트[John Beckett] 작곡). 12월, '음악과 목소리를 위한 라디오극' 「카스칸도(Cascando)」를 프랑스어로 처음 쓴다(마르셀 미할로비치 작곡). 『영어로 쓴 시(Poems in English)』가 콜더 앤드 보야르스(Calder and Boyars, 출판사 존 콜더가 1963년부터 1975년까지 사용했던 이름)에서 출간된다.

1962년 — 1월, 단편 「추방된 자(The Expelled)」의 영어 버전이 『에버그린 리뷰』에 실린다. 5월, 희곡 「연극(Play)」을 영어로 쓰기 시작해 7월에 완성한다. 5월 22일, 「마지막 승부」가 BBC 3프로그램에서 방송된다(앨런 깁슨[Alan Gibson] 연출). 6월 15일, 『행복한 날들』이 페이버에서 출간된다. 11월 1일, 「행복한 날들」이 런던 로열코트극장에서 공연된다. 11월 13일, 「말과 음악」이 BBC 3프로그램에서 방송된다. 「말과 음악」이 『에버그린 리뷰』에 실린다.

1963년 — 1월 25일, 「넘어지는 모든 자들」이 프랑스 텔레비전에서 방송된다. 2월, 『오 행복한 날들(Oh les beaux jours)』 프랑스어판이 미뉘에서 출간된다. 3월 20일, 『영어로 쓴 시(Poems in English)』가 그로브에서 출간된다. 4월 5–13일, 시나리오 「필름(Film)」을 쓴다. 6월 14일, 독일 울름에서 「연극」의 독일어 버전인 「유희(Spiel)」가 공연되고, 베케트는 공연 제작을 돕는다(데릭 멘델 연출). 7월 4일, 「아무것도 아닌 텍스트들」 13편을 영어로 옮기기 시작한다. 9월 말, 「오 행복한 날들」이 베네치아 연극 페스티벌에서 공연되고(로제 블랭 연출, 마들렌 르노[Madeleine Renaud], 장루이 바로[Jean-Louis Barrault] 주연), 이어 10월 말 파리 오데옹극장 무대에 오른다. 10월 13일, 「카스칸도」가 프랑스 퀼튀르에서 방송된다(로제 블랭 연출, 장 마르탱 목소리 출연). 이해 독일 프랑크푸르트의 주어캄프 출판사(Suhrkamp Verlag)에서 베케트의 『극작품(Dramatische Dichtungen)』 1권(총 3권)이 출간된다(「고도를 기다리며」, 「마지막 승부」, 「무언극 I」, 「무언극 II」, 「카스칸도」 등 수록).

1964년 — 1월 4일, 「연극」이 뉴욕의 체리 레인 극장에서 공연된다(앨런 슈나이더 연출). 2월 17일, 「마지막 승부」 영어 공연이 파리의 샹젤리제 스튜디오에서 열린다(잭 맥고런[Jack MacGowran] 연출, 패트릭 머기 주연). 3월, 『연극 그리고 두 편의 라디오 단막극(Play and Two Short Pieces for Radio)』이 페이버에서 출간된다(「연극」, 「카스칸도」, 「말과 음악」 수록). 4월 7일, 「연극」이 런던의 국립극장 올드빅에서 공연된다. 4월 30일, 『그게 어떤지(How It Is)』 영어판이 런던의 콜더 앤드 보야르스에서 출간된다. 6월, 「연극」을 프랑스어로 옮긴 「코메디(Comédie)」가 『레 레트르 누벨』에 게재된다. 6월 11일, 「코메디」가 파리 루브르박물관의 마르상 관에서 초연된다(장마리 세로[Jean-Marie Serreau] 연출). 7월 9일, 로열셰익스피어극단이 제작한 「마지막 승부」가 런던의 알드위치 극장에서 공연된다. 7월 10일부터 8월 초까지 뉴욕에서 「필름」 제작을 돕는다(앨런 슈나이더 감독, 버스터 키턴[Buster Keaton] 주연). 8월 말, 훗날 「잘못된 출발들(Faux départs)」이 될 글을 쓰기 시작한다. 10월 6일, 「카스칸도」가 BBC 3프로그램에서 방송된다. 12월 30일, 「고도를 기다리며」가 런던의 로열코트극장에서 공연된다(앤서니 페이지[Anthony Page] 연출).

1965년 — 1월, 희곡 「왔다 갔다(Come and Go)」를 영어로 쓴다. 3월 21일, 「왔다 갔다」의 프랑스어 번역을 마친다. 4월 13일부터 5월 1일까지 첫 텔레비전용 스크립트 「어이 조(Eh Joe)」를 영어로 쓴다. 5월 6일, 『고도를 기다리며』 무삭제판이 페이버에서 출간된다. 7월 3일, 「어이 조」의 프랑스어 번역을 마친다. 7월 4–8일, 봄에 프랑스어로 쓴 단편 「죽은 상상력 상상해 보라(Imagination morte imaginez)」를 영어로 옮긴다. 프랑스어로 쓴 「죽은 상상력 상상해 보라」는 『레 레트르 누벨』에 게재되고 미뉘에서 출간된다. 영어로 번역된 「죽은 상상력 상상해 보라(Imagination Dead Imagine)」는 런던의 『더 선데이 타임스(The Sunday Times)』에 실리고 콜더 앤드 보야르스에서 출간된다. 8월 8–14일, 「말과 음악」을 프랑스어로 옮긴다. 9월 4일, 「필름」이 베네치아 국제영화제에서 상영되고, 젊은 비평가상을 수상한다. 이날 단편 「충분히(Assez)」를 프랑스어로 쓰기 시작한다. 10월 18일, 로베르 팽제의 「가설(L'Hypothèse)」이 파리 근대 미술관에서 공연된다(베케트와 피에르 샤베르[Pierre Chabert] 공동 연출). 11월, 「소멸자(Le Dépeupleur)」를 프랑스어로 쓰기 시작한다.

1966년 — 1월, 『코메디 및 기타 극작품(Comédie et Actes divers)』이 미뉘에서 출간된다(「코메디」, 「왔다 갔다[Va-et-vient]」, 「카스칸도」, 「말과 음악[Paroles et musique]」, 「어이 조[Dis Joe]」, 「무언극 II」 수록). 2월 28일, 「왔다 갔다」와 팽제의 「가설」(베케트 연출)이 파리 오데옹극장에서 공연된다. 4월 13일, 베케트의 60회 생일을 기념해 「어이 조(He Joe)」가 독일 국영방송 SDR(남부독일방송)에서 처음 방송된다(베케트 연출). 7월 4일, 「어이 조」가 BBC 2프로그램에서 방송된다. 7–8월, 「쿵(Bing)」을 프랑스어로 쓴다. 『충분히』, 『쿵』이 미뉘에서 출간된다. 11–12월 초, 「아무것도 아닌 텍스트들」을 영어로 옮긴다.

1967년 — 녹내장 진단을 받는다. 뤼도빅(Ludovic)과 아네스 장비에(Agnès Janvier), 베케트가 함께 옮긴 『포기한 작업으로부터(D'un ouvrage abandonné)』가 미뉘에서 출간된다. 단편집 『죽은-머리들(Têtes-mortes)』이 미뉘에서 출간된다(「충분히」, 「죽은 상상력 상상해 보라」, 「쿵」 수록). 6월, 『어이 조 그리고 다른 글들(Eh Joe and Other Writings)』이 페이버에서 출간된다. 7월, 『왔다 갔다』가 콜더 앤드 보야르스에서 출간된다(「어이 조」, 「무언극 II[Act Without Words II]」, 「필름」 수록). 『카스칸도 그리고 다른 단막극들(Cascando and Other Short Dramatic Pieces)』이 그로브에서 출간된다(「카스칸도」, 「말과 음악」, 「어이 조」, 「연극」, 「왔다 갔다」, 「필름」 수록). 8월 중순부터 9월 말까지 베를린에 머물며 실러 극장 무대에 오를 「마지막 승부(Endspiel)」 연출을 준비하고, 9월 26일 공연한다. 11월, 베케트가 1945년부터 1966년까지 쓴 단편들을 묶은 『아니요의 칼(No's Knife)』이 콜더 앤드 보야르스에서 출간된다. 12월, 『단편들 그리고 아무것도 아닌 텍스트들(Stories and Texts for Nothing)』이 그로브에서 출간된다. 이해에 토머스 맥그리비가 사망한다.

1968년 — 3월, 프랑스어로 쓴 시들을 엮은 『시집(Poèmes)』이 미뉘에서 출간된다. 5월, 폐에서 종기가 발견되어 술과 담배를 끊는 등 여름 내내 치유에 힘쓴다. 「소멸자」의 일부인 『출구(L'Issue)』가 파리의 조르주 비자(Georges Visat)에서 출간된다. 12월, 뤼도빅과 아녜스 장비에, 베케트가 함께 옮긴 『와트』가 미뉘에서 출간된다. 이달 초부터 이듬해 3월 초까지 포르투갈에 머물며 휴식을 취한다. 이해에 희곡 「숨소리(Breath)」를 영어로 쓴다.

1969년 — 「없는(Sans)」을 프랑스어로 쓴다. 6월 16일, 뉴욕의 에덴 극장에서 「숨소리」가 공연된다. 8월 말, 10월 5일 실러 극장에서 직접 연출해 선보일 「크래프의 마지막 테이프(Das letzte Band)」 공연 준비차 베를린을 방문하고, 그곳에서 「없는」을 영어로 옮기기 시작한다. 10월, 영국 글래스고의 클로스 시어터 클럽에서 「숨소리」가 공연된다. 10월 초, 요양차 튀니지로 떠난다. 10월 23일, 노벨 문학상 수상. 미뉘 출판사 대표 제롬 랭동이 대신 시상식에 참여한다. 『없는』이 미뉘에서 출간된다.

1970년 — 3월 8일, 영국 옥스퍼드 극장에서 「숨소리」가 공연된다. 4월 29일, 파리의 레카미에 극장에서 「마지막 테이프」를 연출한다. 같은 달, 1946년 집필했으나 당시 베케트가 출간을 거부했던 장편 『메르시에와 카미에(Mercier et Camier)』와 단편 『첫사랑(Premier Amour)』이 미뉘에서 출간된다. 7월, 「없는」을 영어로 옮긴 『없어짐(Lessness)』이 콜더 앤드 보야르스에서 출간된다. 9월, 『소멸자』가 미뉘에서 출간된다. 10월 중순 백내장으로 인해 왼쪽 눈 수술을 받는다.

1971년 — 2월 중순, 오른쪽 눈 수술을 받는다. 「숨소리(Souffle)」 프랑스어 버전이 『카이에 뒤 슈맹(Cariers du Chemin)』 4월 호에 실린다. 8–9월, 베를린을 방문해 9월 17일 「행복한 날들(Glückliche Tage)」을 실러 극장에서 연출한다. 10–11월, 요양차 몰타에 머문다.

1972년 — 2월, 모로코에 머문다. 3월 말, 무대에 '입'만 등장하는 모놀로그 「나는 아니야(Not I)」를 영어로 쓴다. 『소멸자』를 영어로 옮긴 『잃어버린 자들(The Lost Ones)』이 런던의 콜더 앤드 보야르스와 뉴욕의 그로브에서 출간된다. 『잃어버린 자들』 일부가 '북쪽(The North)'이라는 제목으로 런던의 이니사먼 출판사(Enitharmon Press)에서 출간된다. 단편집 『죽은-머리들』 증보판이 미뉘에서 출간된다(「없는」 추가 수록). 「필름/숨소리(Film *suivi de* Souffle)」가 미뉘에서 출간되고, 이해 출간된 『코메디 및 기타 극작품』 증보판에 수록된다. 『숨소리 그리고 다른 단막극들(Breath and Other Short Plays)』이 페이버에서 출간된다. 11월 22일, 「나는 아니야」가 '사뮈엘 베케트 페스티벌'의 일환으로 뉴욕 링컨센터에서 공연된다(앨런 슈나이더 연출, 제시카 탠디[Jessica Tandy] 주연).

1973년 — 1월 16일, 「나는 아니야」가 런던 로열코트극장에서 공연된다(베케트와 앤서니 페이지 공동 연출, 빌리 화이트로[Billie Whitelaw] 주연). 같은 달 『나는 아니야』가 페이버에서 출간된다. 2월, 『첫사랑』의 영어 번역을 마친다. 『나는 아니야』를 프랑스어로, 『메르시에와 카미에』를 영어로 옮기기 시작한다. 7월, 『첫사랑(First Love)』이 콜더 앤드 보야르스에서 출간된다. 8월, 「이야기된바(As the Story Was Told)」를 쓴다. 이 글은 이해 독일의 주어캄프에서 출간된 시인 귄터 아이히(Günter Eich) 기념 책자에 수록된다.

1974년 — 『첫사랑 그리고 다른 단편들(First Love and Other Shorts)』가 그로브에서 출간된다(「포기한 작업으로부터」, 「충분히[Enough]」, 「죽은 상상력 상상해 보라」, 「땡[Ping]」, 「나는 아니야」, 「숨소리」 수록). 『메르시에와 카미에(Mercier and Camier)』가 런던의 콜더 앤드 보야르스와 뉴욕의 그로브에서 출간된다. 6월, 「나는 아니야」에 비견되는 실험적인 희곡 「그때는(That Time)」을 쓰기 시작해 이듬해 8월 완성한다.

1975년 — 3월 8일, 베를린 실러 극장에서 「고도를 기다리며」를 연출한다. 4월 8일, 파리 오르세 극장에서 「나는 아니야(Pas moi)」(마들렌 르노 주연)와 「마지막 테이프」를 연출한다. 희곡 「발소리(Footfalls)」를 영어로 쓰기 시작해 11월에 완성한다. 텔레비전용 스크립트 「고스트 트리오(Ghost Trio)」를 영어로 쓴다. 12월, 「다시 끝내기 위하여(Pour finir encore)」를 쓴다.

1976년 — 2월, 단편집 『다시 끝내기 위하여 그리고 다른 실패작들(Pour finir encore et autres foirades)』이 미뉘에서 출간된다. 5월 말, 베케트의 일흔 번째 생일을 기념해 런던의 로열코트극장에서 「발소리」(베케트 연출, 빌리 화이트로 주연)와 「그때는」(도널드 맥위니 연출, 패트릭 머기 주연)이 공연된다. 『그때는』이 페이버에서 출간된다. 8월, 「죽은 상상력 상상해 보라」를 쓰기 전해인 1964년에 영어로 쓴 글 「모든 이상한 것이 사라지고(All Strange Away)」가 에드워드 고리(Edward Gorey)의 에칭화와 함께 뉴욕의 고담 북 마트(Gotham Book Mart)에서 출간된다. 10월 1일, 「그때는(Damals)」과 「발소리(Tritte)」를 베를린 실러 극장에서 연출한다. 10–11월, 텔레비전용 스크립트 「오직 구름만이…(...but the clouds...)」를 영어로 쓴다. 12월, 『발소리』가 페이버에서 출간된다. 「고스트 트리오」를 처음 수록한 8편의 희곡집 『허접쓰레기들(Ends and Odds)』이 그로브에서 출간된다. 산문 모음 『실패작들(Foirades / Fizzles)』이 뉴욕의 페테르부르크 출판사(Petersburg Press)에서 프랑스어와 영어로 출간되고,

『다시 끝내기 위하여 그리고 다른 실패작들(For to End Yet Again and Other Fizzles)』이 런던의 존 콜더에서, 『실패작들(Fizzles)』이 뉴욕의 그로브에서 출간된다.

1977년 — 3월, 『동반자(Company)』를 영어로 쓰기 시작한다. 『영어와 프랑스어로 쓴 시 전집(Collected Poems in English and French)』이 런던의 콜더와 뉴욕의 그로브에서 출간된다. 4월 17일, 「나는 아니야」, 「고스트 트리오」, 「오직 구름만이…」가 '그늘(Shades)'이라는 타이틀 아래 영국 BBC 2프로그램에서 방송된다(앤서니 페이지, 도널드 맥위니 연출). 10월, '죽음'에 대해 말하는 남자에 대한 작품을 써 달라는 배우 데이비드 워릴로우(David Warrilow)의 요청으로 「독백극(A Piece of Monologue)」을 쓰기 시작한다. 11월 1일, 남부독일방송에서 제작된 「고스트 트리오(Geistertrio)」와 「오직 구름만이…(Nur noch Gewölk)」, 그리고 영국에서 방송되었던 빌리 화이트로 버전의 「나는 아니야」가 '그늘(Schatten)'이라는 타이틀 아래 RFA에서 방송된다(베케트 연출). 전해에 그로브에서 출간된 동명의 희곡집에 「오직 구름만이…」를 추가로 수록한 『허접쓰레기들』이 페이버에서 출간된다. 『발소리(Pas)』가 미뉘에서 출간된다.

1978년 — 『발소리 / 네 편의 밑그림(Pas *suivi de* Quatre esquisses)』이 미뉘에서 출간된다(「발소리」, 「연극용 초안 I & II(Fragment de théâtre I & II)」, 「라디오용 스케치(Pochade radiophonique)」, 「라디오용 밑그림(Esquisse radiophonique)」). 4월 11일, 「발소리」와 「나는 아니야」가 파리의 오르세 극장에서 공연된다(베케트 연출, 마들렌 르노 주연). 8월, 『시들 / 풀피리 노래들(Poèmes *suivi de* mirlitonnades)』이 미뉘에서 출간된다. 「그때는」을 프랑스어로 옮긴 『이번에는(Cette fois)』이 미뉘에서 출간된다. 10월 6일, 「유희」를 베를린 실러 극장에서 연출한다.

1979년 — 4월 말, 「독백극」을 완성한다. 6월, 런던의 로열코트극장에서 「행복한 날들」이 공연된다(베케트 연출). 9월, 『동반자』를 완성하고 프랑스어로 옮기기 시작한다. 『동반자』가 런던 콜더에서 출간된다. 10월 말, 『잘 못 보이고 잘 못 말해진(Mal vu mal dit)』을 쓰기 시작한다. 12월 14일, 「독백극」이 뉴욕의 라 마마 실험 극장 클럽에서 초연된다(데이비드 워릴로우 연출 및 주연).

1980년 — 『동반자(Compagnie)』가 파리 미뉘에서 출간된다. 5월, 런던의 리버사이드 스튜디오에서 샌 퀜틴 드라마 워크숍의 일환으로 창립자 릭 클러치(Rick Cluchey)와 함께 「마지막 승부」를 공동 연출한다. 이듬해 75번째 생일을 기념해 뉴욕 주 버펄로에서 열리는 심포지엄에서 선보일 「자장가(Rockaby)」를 쓰고(앨런 슈나이더 연출, 빌리 화이트로 주연), 역시 이듬해 미국 오하이오 주립 대학에서 열릴 베케트 심포지엄의 의뢰로 「오하이오 즉흥곡(Ohio Impromptu)」을 쓴다(앨런 슈나이더 연출).

1981년 — 1월 말, 『잘 못 보이고 잘 못 말해진』을 완성한다. 3월, 『잘 못 보이고 잘 못 말해진』이 미뉘에서 출간된다. 『자장가 그리고 다른 짧은 글들(Rockaby and Other Short Pieces)』이 그로브에서 출간된다(「오하이오 즉흥곡」, 「자장가」, 「독백극」 등 수록). 4월, 텔레비전용 스크립트 「콰드(Quad)」를 영어로 쓴다. 7월, 종종 협업해 온 화가 아비그도르 아리카(Avigdor Arikha)를 위해 짧은 글 「천장(Ceiling)」을 영어로 쓰기 시작한다(훗날 에디트 푸르니에[Edith Fournier]가 옮긴 프랑스어 제목은 'Plafond'). 8월, 『최악을 향하여(Worstward Ho)』를 영어로 쓰기 시작해 이듬해 3월 완성한다(에디트 푸르니에가 베케트와 미리 상의한 후 1991년 펴낸 프랑스어 번역본의 제목은 'Cap au pire'). 10월 8일, 독일 SDR에서 제작된 「콰드」가 '정방형 I+II(Quadrat I+II)'라는 제목으로 RFA에서 방송된다(베케트 연출). 같은 달 『잘 못 보이고 잘 못 말해진(Ill Seen Ill Said)』이 그로브에서 출간된다. 베케트 탄생 75주년을 기념해 파리에서 '사뮈엘 베케트 페스티벌'이 개최된다.

1982년 — 체코 대통령이자 극작가였던 바츨라프 하벨(Václav Havel)에게 헌정하는 희곡 「대단원(Catastrophe)」을 쓴다. 7월 20일, 「대단원」이 아비뇽 페스티벌에서 초연된다. 『독백극 / 대단원(Solo *suivi de* Catastrophe)』과 『대단원 그리고 또 다른 소극들(Catastrophe et autres dramaticules)』, 『자장가 / 오하이오 즉흥곡(Berceuse *suivi de* Impromptu d'Ohio)』이 미뉘에서 출간된다. 『특별히 묶은 세 편의 희곡(Three Occasional Pieces)』이 페이버에서 출간된다(「독백극」, 「자장가」, 「오하이오 즉흥곡」 수록). 『잘 못 보이고 잘 못 말해진』이 콜더에서 출간된다. 마지막 텔레비전용 스크립트 「밤과 꿈(Nacht und Träume)」을 영어로 쓰고 독일 SDR에서 연출한다(이듬해 5월 19일 RFA에서 방송됨). 12월 16일, 「콰드」가 영국 BBC 2프로그램에서 방송된다.

1983년 — 2–3월, 9월에 오스트리아 그라츠에서 열리는 슈타이리셔 헤르프스트 페스티벌의 요청으로 희곡 「무엇을 어디서」를 프랑스어로 쓰고('Quoi Où') 영어로 옮긴다('What Where'). 이 작품은 베케트가 집필한 마지막 희곡이 된다. 4월, 『최악을 향하여』가 콜더에서 출간된다. 9월, 베케트가 1929년부터 1967년까지 썼던 비평 및 공연되지 않은 극작품 「인간의 소망들」 등이 포함된 『소편(小片)들: 잡문들 그리고 연극적 단편 한 편(Disjecta: Miscellaneous Writings and a Dramatic Fragment)』(루비 콘[Ruby Cohn] 엮음)이 콜더에서 출간된다. 『오하이오 즉흥곡, 대단원, 무엇을 어디서(Ohio Impromptu, Catastrophe, What Where)』가 그로브에서 출간된다. 「독백극」, 「이번에는」이 파리 생드니의 제라르 필리프 극장에서 프랑스어로 공연된다(데이비드 워릴로우 주연). 「자장가」, 「오하이오 즉흥곡」, 「대단원」이 파리 롱푸앵 극장 무대에 오른다(피에르 샤베르 연출). 6월 15일, 「무엇을 어디서」, 「대단원」, 「오하이오 즉흥곡」이 뉴욕의 해럴드 클러먼 극장에서 공연된다(앨런 슈나이더 연출).

1984년 — 2월, 런던을 방문해 샌 퀜틴 드라마 워크숍에서 준비하는 「고도를 기다리며」를 감독한다(발터 아스무스[Waltet Asmus] 연출, 3월 13일 애들레이드 아츠 페스티벌에서 초연됨). 『대단원』이 콜더에서 출간된다. 『단막극 전집(Collected Shorter Plays)』이 런던의 페이버와 뉴욕의 그로브에서 출간되고, 『시 전집 1930–78(Collected Poems, 1930–1978)』이 런던의 콜더에서 출간된다. 8월, 에든버러 페스티벌에서 '베케트 시즌'이 열린다. 런던에서 오스트레일리아 순회공연을 위해 「고도를 기다리며」, 「마지막 승부」, 「크래프의 마지막 테이프」 연출을 감독한다.

1985년 — 마드리드와 예루살렘에서 베케트 페스티벌이 열린다. 6월, 「무엇을 어디서(Was Wo)」를 텔레비전 방송용으로 개작해 독일 SDR에서 연출한다(이듬해 4월 13일 방송됨). 「천장」이 실린 책 『아리카(Arikha)』가 파리의 에르만(Hermann)과 런던의 템스 앤드 허드슨(Thames and Hudson)에서 출간된다.

1986년 — 베케트 탄생 80주년을 기념해 4월에 파리에서, 8월에 스코틀랜드 스털링에서 사뮈엘 베케트 페스티벌이 열린다. 폐 질환이 시작된다.

1988년 — 마지막 글이 될 「떨림(Stirrings Still)」을 영어로 완성한다. 이 글은 뉴욕의 블루 문 북스(Blue Moon Books)와 런던의 콜더에서 출간된다. 『영상』이 미뉘에서, 『단편 산문 전집 1945–80(Collected Shorter Prose, 1945–1980)』이 콜더에서 출간된다. 7월, 쉬잔과 함께 요양원 르 티에르탕에 들어간다. 그곳에서 프랑스 시 「어떻게 말할까(Comment dire)」와 영어 시 「무어라 말하나(What Is the Word)」를 쓴다.

1989년 — 『동반자』, 『잘 못 보이고 잘 못 말해진』, 『최악을 향하여』가 수록된 『계속할 도리가 없는(Nohow On)』이 뉴욕의 리미티드 에디션스 클럽(Limited Editions Club)과 런던의 콜더에서 출간된다(그로브에서는 1995년 출간됨). 『떨림(Stirrings Still)』을 프랑스어로 옮긴 『떨림(Soubresauts)』과 1940년대에 판 펠더 형제에 대해 썼던 미술 비평 『세계와 바지(Le Monde et le pantalon)』가 미뉘에서 출간된다(「장애의 화가들[Peintres de l'empêchement]」은 1991년 증보판에 수록).
7월 17일, 쉬잔 사망. 12월 22일, 베케트 사망. 파리의 몽파르나스 묘지에 함께 안장된다.

작품 연표

영어	프랑스어
1929년 비평문 「단테…브루노. 비코··조이스(Dante...Bruno. Vico..Joyce)」 단편 「승천(Assumption)」 기타 단편들	
1930년 시집 『호로스코프(Whoroscope)』(1930) 비평집 『프루스트(Proust)』(1931) 단편들	
1930–2년 장편 『그저 그런 여인들에 대한 꿈(Dream of Fair to Middling Women)』 (사후 출간)	
1932–3년 시들 단편집 『발길질보다 따끔함(More Pricks than Kicks)』(1934)	
1934–5년 시집 『에코의 뼈들 그리고 다른 침전물들(Echo's Bones and Other Precipitates)』(1935)	
1935–6년 장편 『머피(Murphy)』(1938)	
1937년 희곡 「인간의 소망들(Human Wishes)」(1983)	**1937–40년** 시들 『머피(Murphy)』(알프레드 페롱과 공동 번역, 1947년 출간)
1941–5년 장편 『와트(Watt)』(1953)	**1945년** 미술 비평 「세계와 바지(Le Monde et le pantalon)」(1989)

1946년

단편 「끝(La Fin)」(1955)

장편 『메르시에와 카미에(Mercier et Camier)』(1970)

단편 「추방된 자(L'Expulsé)」(1955)

단편 「첫사랑(Premier amour)」(1970)

단편 「진정제(Le Calmant)」(1955)

1947년

희곡 「엘레우테리아(Eleutheria)」(1995)

1947–8년

장편 『몰로이(Molloy)』(1951)

장편 『말론 죽다(Malone meurt)』(1951)

미술 비평 「장애의 화가들(Peintres de l'empêchement)」(1989)

1948–9년

희곡 「고도를 기다리며(En attendant Godot)」(1952)

1949년

미술 비평 「세 편의 대화(Three Dialogues)」(사후 출간)

1949–50년

장편 『이름 붙일 수 없는 자(L'Innommable)』(1953)

1950–1년

단편 모음 「아무것도 아닌 텍스트들(Textes pour rien)」(1955)

1953–4년

장편 『몰로이(Molloy)』(패트릭 바울즈와 공동 번역, 1955년 출간)

희곡 『고도를 기다리며(Waiting for Godot)』(1954)

1954–5년

장편 『말론 죽다(Malone Dies)』(1956)

1954–6년

희곡 「마지막 승부(Fin de Partie)」(1957)

희곡 「무언극 I(Acte sans paroles I)」(1957)

1955(?)년

단편 「포기한 작업으로부터(From an Abandoned Work)」(1958)

1956년

라디오극 「넘어지는 모든 자들(All That Fall)」(1957)

1956–7년

희곡 「으스름(The Gloaming)」

장편 『이름 붙일 수 없는 자(The Unnamable)』(1958)

1957년

희곡 「마지막 승부(Endgame)」(1958)

1958년

희곡 「크래프의 마지막 테이프(Krapp's Last Tape)」(1959)

단편 「아무것도 아닌 텍스트 I(Text for Nothing I)」

라디오극 「타다 남은 불씨들(Embers)」(1959)

1957년

라디오극 「넘어지는 모든 자들(Tous ceux qui tombent)」(로베르 팽제와 공동 번역, 1957년 출간)

「무언극 II(Acte sans paroles II)」(1966)

1958–9년

희곡 「마지막 테이프(La Dernière bande)」(피에르 레리스와 공동 번역, 1960년 출간)

1959–60년

장편 『그게 어떤지(Comment c'est)』(1961)

1960–61년

희곡 「행복한 날들(Happy Days)」(1961)

단편 「추방된 자」(리처드 시버와 공동 번역, 1967년 출간)

1961년

라디오극 「말과 음악(Words and Music)」(1964)

1961–2년

장편 『그게 어떤지(How It Is)』(1964)

1962–3년

희곡 「연극(Play)」(1964)

「연극용 초안 I & II(Rough for Theatre I & II)」(1976)

「라디오용 초안 I & II(Rough for Radio I & II)」(1976)

1963년

라디오극 「카스칸도(Cascando)」(1964)

시나리오 「필름(Film)」(1964년 제작, 1965년 상영, 1967년 출간)

「연극용 초안 I & II(Fragment de théâtre I & II)」(1950년대 후반 집필, 1978년 출간)

1961년

라디오극 「카스칸도(Cascando)」(1963)

「라디오용 스케치(Pochade radiophonique)」(1978)

「라디오용 밑그림(Esquisse radiophonique)」(1978)

1962년

희곡 「오 행복한 날들(Oh les beaux jours)」(1963)

1963–4년

희곡 「코메디(Comédie)」(1966)

1963–6년

단편 모음 「아무것도 아닌 텍스트들 (Texts for Nothing)」(1967)

1964–5년

단편 「모든 이상한 것이 사라지고 (All Strange Away)」(1976)

1965년

희곡 「왔다 갔다(Come and Go)」 (1)* (1967)

텔레비전용 스크립트 「어이 조(Eh Joe)」 (1) (1967)

단편 「죽은 상상력 상상해 보라 (Imagination Dead Imagine)」 (2) (1974)

1965–6년

단편 「충분히(Enough)」 (2) (1974)

단편 「땡(Ping)」(1974)

1968년

희곡 「숨소리(Breath)」(1972)

1969년

단편 「없어짐(Lessness)」 (2) (1970)

1971–2년

단편 「잃어버린 자들(The Lost Ones)」 (1972)

1965년

희곡 「왔다 갔다(Va-et-vient)」 (2) (1966)

단편 「죽은 상상력 상상해 보라 (Imagination morte imaginez)」 (1) (1967)

텔레비전용 스크립트 「어이 조(Dis Joe)」 (2) (1966)

라디오극 「말과 음악(Paroles et musique)」(1966)

단편 「충분히(Assez)」 (1) (1966)

1965–6년

단편 「소멸자(Le Dépeupleur)」(1970)

1966년

단편 「쿵(Bing)」(1966)

1966–8년

장편 『와트(Watt)』(아네스 & 뤼도빅 장비에와 공동 번역, 1968년 출간)

1969년

단편 「없는(Sans)」 (1) (1969)

희곡 「숨소리(Souffle)」(1972)

단편 모음 「실패작들(Foirades)」 (1960년대 집필, 1976년 출간)

1971년

시나리오 「필름(Film)」(1972)

* 제목 옆의 숫자 (1), (2)는 집필 연도가 같은 작품들의 집필 순서를 표시한 것이다.

1972–3년

희곡 「나는 아니야(Not I)」(1973)
단편 「첫사랑(First Love)」(1973)
단편 「정적(Still)」(1973)
단편 「소리들(Sounds)」(1978)
단편 「정적 3(Still 3)」(1978)

단편 「움직이지 않는(Immobile)」(1976)

1973년

장편 『메르시에와 카미에(Mercier and Camier)』(1974)
단편 「이야기된바(As the Story Was Told)」(1973)

1973년

희곡 「나는 아니야(Pas moi)」(1975)

1973–4년

단편 모음 「실패작들(Fizzles)」(1976)

1974–5년

희곡 「그때는(That Time)」(1976)

1974–5년

희곡 「이번에는(Cette fois)」(1978)

1975년

단편 「다시 끝내기 위하여(For to End Yet Again)」 (2) (1976)
희곡 「발소리(Footfalls)」 (1) (1976)
텔레비전용 스크립트 「고스트 트리오(Ghost Trio)」(1976)

1975년

단편 「다시 끝내기 위하여(Pour finir encore)」 (1) (1976)
희곡 「발소리(Pas)」 (2) (1978)

1976년

텔레비전용 스크립트 「오직 구름만이… (...but the clouds...)」(1977)

1976–8년

「풀피리 노래들(Mirlitonnades)」(1978)

1977–9년

단편 「동반자(Company)」(1979)
희곡 「독백극(A Piece of Monologue)」(1981)

1979–80년

단편 「잘 못 보이고 잘 못 말해진(Ill Seen Ill Said)」(1981)
희곡 「자장가(Rockaby)」(1981)
희곡 「오하이오 즉흥곡(Ohio Impromptu)」(1981)

1979년

단편 「동반자(Compagnie)」(1980)

1979–82년

희곡 「독백극(Solo)」(1982)

1981년

텔레비전용 스크립트 「쿼드(Quad)」(1982)

단편 「천장(Ceiling)」(1985)

1981–2년

단편 「최악을 향하여(Worstward Ho)」(1983)

텔레비전용 스크립트 「밤과 꿈(Nacht und Träume)」(1984)

1983년

희곡 「무엇을 어디서(What Where)」 (2) (1983)

희곡 「대단원(Catastrophe)」(1983)

1983–7년

단편 「떨림(Stirrings Still)」(1988)

1989년

시 「무어라 말하나(What Is the Word)」

1981년

단편 「잘 못 보이고 잘 못 말해진(Mal vu mal dit)」(1981)

1982년

희곡 「자장가(Berceuse)」(1982)

희곡 「오하이오 즉흥곡(Impromptu d'Ohio)」(1982)

희곡 「대단원(Catastrophe)」(1982)

1983년

희곡 「무엇을 어디서(Quoi Où)」 (1) (1983)

1988년

시 「어떻게 말할까(Comment dire)」

단편 「떨림(Soubresauts)」(1989)

사뮈엘 베케트 선집

소설

『포기한 작업으로부터』, 윤원화 옮김
『발길질보다 따끔함』, 윤원화 옮김
『머피』, 이예원 옮김
『와트』, 박세형 옮김
『메르시에와 카미에』, 전승화 옮김
『말론 죽다』, 임수현 옮김
『이름 붙일 수 없는 자』, 전승화 옮김
『그게 어떤지/영상』, 전승화 옮김
『죽은-머리들/소멸자/다시 끝내기 위하여 그리고 다른 실패작들』, 임수현 옮김
『동반자/잘 못 보이고 잘 못 말해진/최악을 향하여/떨림』, 임수현 옮김

희곡

『희곡집 I』, 이예원 옮김
『희곡집 II』

시

『에코의 뼈들 그리고 다른 침전물들/호로스코프/시들, 풀피리 노래들』, 김예령 옮김

평론

『프루스트』, 유예진 옮김
『세계와 바지/장애의 화가들』, 김예령 옮김

전기

제임스 놀슨, 『명성으로 저주받은: 사뮈엘 베케트의 삶』, 김두리 옮김

사뮈엘 베케트 선집

사뮈엘 베케트
죽은-머리들/소멸자/다시 끝내기 위하여
그리고 다른 실패작들

임수현 옮김

초판 1쇄 발행. 2016년 7월 15일
2쇄 발행. 2022년 1월 3일

발행. 워크룸 프레스
편집. 김뉘연
표지 사진. EH(김경태)
제작. 세걸음

ISBN 978-89-94207-67-4 04800
978-89-94207-65-0 (세트)
18,000원

워크룸 프레스
03043 서울시 종로구
자하문로16길 4, 2층
전화. 02-6013-3246
팩스. 02-725-3248
메일. wpress@wkrm.kr
workroompress.kr
workroom.kr

옮긴이. 임수현
서강대학교 불어불문학과와 동 대학원에서 공부했고, 파리4대학에서 사뮈엘 베케트 연구로 박사 학위를 받았다. 현재 서울여자대학교 불어불문학과 교수이자 극단 산울림 예술감독이다. 옮긴 책으로 베르나르 올리비에의 『나는 걷는다 1』, 『떠나든, 머물든』, 『쇠이유, 문턱이라는 이름의 기적』, 드니 게즈의 『항해일지』, 아르튀르 아다모프의 『타란느 교수』, 베르나르마리 콜테스의 『목화밭의 고독 속에서』, 알랭 바디우의 『베케트에 대하여』(서용순 공역), 사뮈엘 베케트의 『동반자/잘 못 보이고 잘 못 말해진/최악을 향하여/떨림』, 『말론 죽다』 등이 있다.